AF282435

Jana Beek

Stadtverlust

Roman

FSC
www.fsc.org

MIX

Papier aus ver-
antwortungsvollen
Quellen
Paper from
responsible sources

FSC® C105338

Bibliographische Information der Deutschen Nationalbibliothek: Die Deutsche Nationalbibliothek verzeichnet diese Publikation in der Deutschen Nationalbibliographie, detaillierte bibliographische Daten sind im Internet über dnb.de abrufbar.

Die automatisierte Analyse des Werkes, um daraus Informationen insbesondere über Muster, Trends und Korrelationen gemäß § 44b UrhG („Text und Data Mining") zu gewinnen, ist untersagt.

© 2024 Jana Beek

Cover: Jana Beek

Verlag: BoD · Books on Demand GmbH, In de Tarpen 42, 22848 Norderstedt

Druck: Libri Plureos GmbH, Friedensallee 273, 22763 Hamburg

ISBN: 978-3-7583-4286-8

1

„Schau euch das an", rief Kaal und blieb abrupt stehen. Sein Blick wanderte nach oben zu einer gigantischen Eisenskulptur, die über den Dächern der Stadt in den Himmel ragte. Er musste sich die Hand vor die Augen halten, um die grelle Sonne auszublenden und das ganze Gebilde zu bestaunen.

„Wächst es aus diesem Haus?", Marc zeigte auf ein Gebäude, das eine kleine Lagerhalle sein konnte. Aus den Fenstern ragten Metallstangen heraus, die überdimensionalen Ästen ähnelten und in den strahlend blauen Himmel wuchsen, sie schienen selbst durch das Dach durchgebrochen zu sein.

„Wir sollten hingehen", beschloss Kaal und seine Bandkollegen Marc, Nadja und Vlad schlenderten hinter ihm her.

Als sie an dem würfelartigem Gebäude mit blaugrauer Metallfassade ankamen, blieb Kaal vor einem Aufsteller stehen, der sie darüber informierte, dass man im Inneren das Atelier und die Ausstellung von Nina Fein besuchen konnte. Davor standen ein paar Leute und unterhielten sich.

„Wir haben noch ein paar Stunden frei, also lass uns reingehen, oder?", fragte er die anderen.

„Warum nicht", Marc nahm sich einen Flyer vom Aufsteller und sie schlüpften durch die schmale Eingangstür.

Drinnen war es wesentlich frischer und Kaal war dankbar für die Abkühlung an diesem warmen Sommertag. Er wandte den Kopf nach oben und wusste nicht, wohin er zuerst schauen sollte. In der Mitte war die Eisenskulptur, die wie ein Baum aus der Erde bis zur mindestens zehn Meter hohen Decke ragte und ihre Zweige in alle Richtungen ausstreckte. An einigen der Äste hingen weitere geschmiedete Objekte, die mal wie abstrakte Früchte, mal wie Korallen oder Meteoriten, dann wie Ammoniten geformt waren.

Die anderen etwa zwei Dutzend BesucherInnen strömten durch den Raum und blieben an den schwindelerregend hohen Leitern, den abgenutzten Werkstattbänken, schmutzigen Kübeln mit Metallresten und filigranen Zeichnungen stehen, die hier und da an die Wände gepinnt waren. Kaal tat es ihnen nach und versank in dieser fremden Welt aus glänzenden Metallen, groben und feinen Werkzeugen für ihre Bearbeitung, schnellen Bleistiftskizzen für weitere Projekte, halbfertigen Gebilden aus rohem Stahl und den allgegenwärtigen Spuren vom Schleifen und Schweißen in Form von Metallspänen und Metallstaub.

Selbst die Luft hier roch anders, eisenhaltig und kühl, vom Sommer keine Spur. Als wäre er mit einem Mal in einer unterirdischen Stadt gelandet, in deren Herz ein gigantischer Ofen brannte und aus allen Ecken Schleifgeräusche drangen, grelles und spitzes Knallen die Luft zerschnitt und Leute mit Schweißhelmen umherschlichen und sich wortlos verständigten.

Als er bei seinem Streifzug fast mit jemandem zusammengestoßen wäre, besann Kaal sich wieder auf die Gegenwart und blickte zu der anderen Person auf.

„Entschuldige", sagte er und lächelte.

Die nachdenklich dreinblickende Frau schaute zu ihm rüber, lächelte und setzte wieder ihren ernsten Gesichtsausdruck auf.

„Sag mal, weißt du zufällig, ob die Künstlerin heute hier ist?", fragte er die andere Besucherin in Weltsprache und hoffte, dass sie ihn verstand. In dieser Region wurde vorwiegend Ferrum gesprochen.

„Oh", die junge Frau räusperte sich und schaute sich in der Halle um, „nein, sie ist gerade nicht da", erwiderte sie in gebrochener Weltsprache und zuckte entschuldigend mit den Schultern.

„Kann man sie heute noch hier antreffen?"

„Nein, es tut mir leid. Sie lebt sehr zurückgezogen."

„Du kennst sie?"

„Etwas, ja", sie lächelte verlegen und zupfte an dem Kragen ihrer Jacke.

„Das hier ist wunderschön", Kaal hob seinen Kopf und ließ den Blick durch den Raum gleiten. „Sowas habe ich noch nie gesehen. Wie ist es nur möglich, diese riesige Skulptur aufzubauen, das muss Jahre gedauert haben und dann noch diese ganzen Konstrukte, die da dran hängen…"

„Wenn du genauer hinschaust, hängen an ihnen auch noch weitere Elemente, die wie eine eigene Welt darstellen. Man kann es von hier aus schlecht sehen, lass uns hier rübergehen", sie bewegten sich noch tiefer in den Raum herein und blieben unter einer Art Kalmar stehen, der sich aus dieser Perspektive auf sie zu stürzen schien. „Und an seinen Tentakeln sind eine Reihe von Pilzen angebracht, die in die Saugnäpfe übergehen. Auf der anderen Seite sind Blitze eingearbeitet und dann wieder ein Fluss, der Schrauben transportiert. Die Schrauben haben eine Gravur, aber das kann man von hier nun wirklich nicht entziffern."

Sie erzählte zunächst etwas gebrochen und suchte immer wieder nach Worten, doch dann kam sie in einen Flow und ihre Augen leuchteten, als sie auf die Skulpturen zeigte.

„Das hat bestimmt etwas mit der Geschichte dieser Region zu tun?", hakte Kaal nach.

„Hmm", sie drehte ihren Kopf zu dem Baum und Kaal betrachtete ihr Profil. Sie musste Ende Zwanzig, Anfang Dreißig sein, hatte kastanienbraune Haare, die zu einem wilden Knoten zusammengebunden waren, eine spitze Nase und abgenutzte Hände, die mit Schrammen und Rissen bedeckt waren. „Hier findet seit Jahrhunderten die Metallverarbeitung statt, jeder Haushalt, jede Straße, jede Gemeinde ist geformt durch die mittlerweile nur noch großen Industrieanlagen, die etwas außerhalb liegen und den größten Arbeitgeber darstellen." Sie drehte sich wieder zu ihm und Kaal versank in ihrem warmen und etwas listigen Lächeln. „Sorry, ich wollte dich nicht zuquatschen. Man verliert sich schnell in diesen Formen…"

„Nein, das ist doch gut, ich wollte…"

„Ich muss los", unterbrach sie ihn, spitzte ihren Mund und hob eine Augenbraue, als wäre ihr gerade etwas eingefallen.

„Warte, wir spielen heute Abend auf dem Festival. Vielleicht kannst du der Künstlerin diese Karte geben, du bist auch herzlich eingeladen, ich würde mich sehr darüber freuen", Kaal suchte in seinen Jackentaschen nach zwei Karten, die sie vorhin nach dem Soundcheck zur eigenen Verfügung gestellt bekommen hatten und drückte sie ihr in die Hand. „Wie heißt du eigentlich?"

8

„Danke", sie sah die Karten perplex an und nahm sie schließlich an sich, „ich sag ihr Bescheid, aber ich weiß nicht, ob sie hingeht. Wie gesagt, sie ist ein kleiner Emerit", sie lächelte entschuldigend.

Kaal wollte noch etwas sagen, aber sie drehte sich um und lief mit schnellen Schritten davon, er sah nur noch ihre langen Beine im hinteren Bereich der Halle verschwinden. Jetzt war es an ihm, perplex zu schauen.

„Was hat sie dir erzählt?", Marc stand jetzt neben ihm.

„Hm?", fragte Kaal.

„Das war doch Nina Fein", Marc drehte den aufgeklappten Flyer hin und her.

„Nein, sie ist heute nicht hier", Kaal schüttelte den Kopf.

„Aber das hier war sie doch?", Marc zeigte auf das Papier vor sich.

Kaal zupfte es ihm aus der Hand. Tatsache. Auf der Rückseite war ein Bild von ihr. Ernst und abgeklärt schaute sie in die Kamera und hatte eine Augenbraue leicht angehoben. Fast erwartete er, sie würde ihm gleich zuzwinkern.

„Nina Fein ist, mit ihrem Atelier im Zentrum von Ferra, eine der größten Kunstschaffenden der Region."

„Was?", krächzte Kaal bloß. „Warum hat sie nicht gesagt, dass sie...", er schüttelte den Kopf und drehte den Flyer, als würde er ihm Antwort geben können.

„Sie sah nett aus", bemerkte Marc. Nadja und Vlad waren nun auch neben ihm. „Also, los geht's Leute, lasst uns gehen, in zwei Stunden spielen wir."

2

Als Nina sich durch die Menschenmengen drückte, versuchte sie die vielen Sinneseindrücke zu verarbeiten, die auf sie einprasselten. Nur Zentimeter von ihrem Gesicht entfernt wurden schwappende Gläser mit alkoholischen Getränken von ausgelassenen BesucherInnen transportiert; müde Kinder lagen schlapp in Kinderwägen und hatten ihre Augen auf Halbmast; aus Zelten um sie herum drangen mal hypnotische, mal aufgeheizte Rhythmen; es roch nach Zigaretten und gegrillten Hähnchen; Leute lagen sich in den Armen oder starrten abwesend auf ihre Taschencomputer.

Früher war sie öfter auf den Festivals gewesen, die jeden Sommer in der Umgebung von Ferra stadtfanden. Die Musik, die dort gespielt wurde, war neu und aufregend gewesen, die konsumierten Substanzen unbekannt und bewusstseinserweiternd, die Freunde und Bekannte, die sie dort getroffen hatte, voller Geschichten und Tatendrang. Das hatte sich mit den Jahren immer mehr abgeschwächt. Seit sie und die meisten anderen ihrer Schichtarbeit bei dem größten Arbeitgeber der Region nachgingen, war das Verlangen nach Alkoholexzessen und durchgemachten Nächten stückweise verebbt, stattdessen traten anderen Bedürfnisse in den Vordergrund.

Aber nun war sie doch wieder hier und es fühlte sich sogar ganz gut an. Wieder unter Menschen sein, wieder an so etwas wie dem Puls der Zeit sein und nicht allein in ihrem Atelier, wieder etwas Unerwartetes erleben. Die Einladung hierher war auf jeden Fall unerwartet und das Gespräch mit dem Besucher, dessen Namen sie noch nicht einmal kannte, war kurz und simpel gewesen, hatte sie aber auch neugierig gemacht, sodass sie nun hier war.

Als sie an der großen Bühne angekommen war, hatte sich schon eine stattliche Menge von geschätzt tausend Leuten davor versammelt, wobei die meisten von den überwiegend jungen Leuten sich noch von der Bühne abgewandt miteinander unterhielten und eifrig Getränke geholt wurden. Nina stellte sich auf die Zehnspitzen und schaute über die Köpfe, um einen guten Platz nicht zu weit weg von der Bühne aber auch nicht zu nah dran auszuspähen. Sie entschied sich schließlich dafür, sich seitlich vorbeizuschlängeln und lief an bunt gekleideten Jugendlichen und knutschenden Pärchen vorbei, landete schließlich rechts vorne bei den Zuhörern, die gut zu ihrem Vibe zu passen schienen: sie sahen nicht so aus, als würden sie in wilden Tanzorgien ausbrechen, waren aber auch nicht zu stoisch. Also stellte Nina sich dazu, auch wenn sie wegen den Boxen nicht die perfekte Sicht auf die Bühne hatte.

Beim Anblick der Bühnenkonstruktion fragte sie sich, ob diese auch in dieser Region angefertigt worden war, vielleicht sogar in ihrer Fabrik mit dem Metall aus den benachbarten Bergwerken. Wahrscheinlich. Der Gedanke erfüllte sie mit Stolz. Aber das würde nicht mehr so lange bleiben. Seit ein paar Jahren schon schlossen immer mehr Werke oder stellten die Produktion auf andere Waren um, sofern es ging. Die Konkurrenz aus Jaku war eben nicht zu übersehen.

Aber das waren Gedanken für eine andere Zeit. Jetzt kam die Band auf die Bühne und alle Leute brachen in einen ohrenbetäubenden Jubel aus, sprangen herum und feuerten die Musiker an. Und schon wurden die ersten Akkorde angestimmt, was zu noch mehr Johlen und

Klatschen führte. Nina hatte sich die Musik dieser Band vorher nicht angehört und wusste nicht, was sie erwarten würde. Es war alles so schnell gegangen, vor ein paar Stunden hatte sie die Karten bekommen, hatte erst eben ihr Atelier abschließen können und stand jetzt hier. Jenseits der Bühne ging gerade die Sonne unter und tauchte den Himmel in tieforange Töne.

Ihr Blick wanderte wieder nach vorne und Nina taxierte die Leute auf der Bühne. Der Sänger und Gitarrist stand im vorderen Bereich und sah etwas unscheinbar aus, braune Haare, blaues T-Shirt, schwarze Hose, sein Alter schätzte sie auf Anfang/Mitte Vierzig, also etwas älter als sie. Die Frau am Bass stand in der hinteren linken Ecke und war voll und ganz in ihr Instrument versunken, ihre langen schwarzen Haare, die mit bunten Strähnchen versetzt waren, fielen ihr vor das Gesicht. Am Schlagzeug saß ein kräftiger Typ, der sehr kurze Haare hatte und mit viel Verve die Becken und Trommeln vor sich bearbeitete. Und schließlich rechts von ihm war der Besucher aus dem Atelier, am Keyboard. Er stand seitlich und war über die Tasten gebeugt, sodass Nina ihn im Profil sehen konnte.

Sein Äußeres war unauffällig, auch er trug ein dunkelgraues T-Shirt und eine schwarz-blaue Hose, seine braunen Haare waren kurz und seine Nase prägnant, flink bewegten sich seine Finger über das elektronische Klavier und er wippte im Takt dazu.

Ninas Blick schweifte wieder zum Himmel, der mit jeder Minute dunkler wurde, und ließ die Musik auf sich wirken. Sie war in einem Moment zahm und geschmeidig, formbar, dann hämmerte sie wie unbiegsames Metall, knallte und schepperte bis der klare Gesang einsetzte und sich Nina schnappte und sie davonfliegen ließ. Sie schloss die Augen und öffnete den Mund, um die Melodien einzuatmen und zu schmecken. Sie durchdrangen ihre Muskeln und Gefäße und drangen ganz tief zu dem Grundgerüst ihres Körpers, den Knochen und dem Knochenmark vor, welches bei ihr aus flüssigem Eisen und Nickel bestehen musste. Es vibrierte bei dem Kontakt mit der elektronischen Musik und Nina spürte ein leichtes Kitzeln in ihren Armen, Beinen und Rückgrat und lächelte. Das war das beste Gefühl.

Sie öffnete die Augen wieder und musste sich erstmal orientieren. Ach ja, das Konzert. Ihr Blick schweifte nach vorne und sie sah, dass der Keyboarder in ihre Richtung schaute, vielleicht trafen sich ihre Blicke für einen kurzen Moment. Nein, das hatte sie sich eingebildet. Die Leute auf der Bühne wurden von den Scheinwerfern geblendet und konnten in der Masse keine einzelnen Menschen ausmachen.

Der Song endete und die Leute applaudierten. Nina blickte hinter sich und sah in strahlende Gesichter, in den Augen der Menschen reflektierten sich die Lichter der Bühne und die Elektrizität, die in der Luft lag. Das nächste Lied wurde angestimmt und Nina bemerkte, wie sie sich zur Musik bewegte. Sie alle tanzten ausgelassen, die Musik verschmolz sie wie in einem Kessel, die Konturen der einzelnen Menschen lösten sich immer mehr auf und formte etwas Neues aus ihnen. Das Schlagzeug war dabei wie das Donnern eines Hammers auf einen Amboss, die Gitarre und der Bass das Ziehen von dünnen Strängen und das Keyboard die Tropfen von flüssigem Metall. Augenblicklich sah Nina eine neue Skulptur vor ihrem inneren Auge entstehen.

Ein Lied folgte dem nächsten und die Menge wurde immer ausgelassener. Die Dunkelheit hatte sich über sie gesenkt und Nina spürten die Wärme der anderen um sie herum viel intensiver. Ihre Energiequelle war direkt vor ihnen. Immer wenn der Sänger vor das Mikro trat und eine neue Strophe anstimmte, fusionierte etwas Unerklärliches und Nina spürte ihr Innerstes aufbrechen.

Als das Konzert endete, war Nina etwas perplex. In der Zuschauermenge pulsierte es noch etwas, dann fingen die Leute an, ihre Wege zu gehen. Auch Nina drehte sich schließlich um und schlenderte in Richtung Ausgang. Sie hatte es nicht eilig, sie wollte jeden Eindruck noch so lange wie möglich mit sich tragen und auf ihrer Zunge schmecken.

Das Festival schien sich insgesamt zu leeren und auf den Wegen und Plätzen rechts und links konnte sie zahlreiche leere Flaschen, zerknüllte Verpackungen, müde Augen und schlappe Füße erblicken. Auch Nina gähnte nach diesem langen Tag und zog den Reißverschluss ihrer Jacke bis unter das Kinn.

„Hey, warte", hörte sie plötzlich hinter sich und drehte sich um.

Der Keyboarder kam auf sie zu gerannt. Kurz vor ihr machte er Halt. „Du bist gekommen", sagte er außer Atem. „Ich wusste nicht… warum hast du…", er suchte nach Worten. „Ich bin übrigens Kaal", er reichte ihr die Hand.

„Nina", sie schüttelten sich die Hände.

„Danke für die Einladung, es war sensationell", Nina ließ seine Hand wieder los und friemelte an dem Reißverschluss ihrer Jacke herum. „Sorry für die Verwirrung vorhin", sie schaute auf ihre Schuhe. „Ich wollte dich nicht veräppeln oder so, es war…", sie zuckte mit den

Schultern, ihr fiel einfach keine plausible Erklärung für ihr Verhalten ein.

„Du hast ein tolles Atelier", erwiderte Kaal.

„Danke."

In diesem Moment klingelte sein Taschencomputer und er holte das Gerät heraus.

„Ich bin gleich da", teilte er jemandem am anderen Ende mit.

„Hey", er wandte sich wieder ihr zu, „vielleicht können wir uns mal in aller Ruhe unterhalten…"

„Oh", Nina hob die Augenbrauen. Damit hatte sie nicht gerechnet. „Warum nicht."

Kaal klappte das Kommunikationsgerät auf und Nina gab ihm ihre Kontaktdaten durch.

„Ich muss los", er lief ein paar Schritte rückwärts. „Aber ich schreib dir."

„Okay", Nina blinzelte aufgeregt mit den Augen.

„Bis dann."

Und weg war er.

3

Wie sich herausstellte waren sie noch ein paar Wochen auf Tour in der Gegend, bis sie in ihre Heimatstadt zurückkehrten. Das alles erfuhr Nina, nachdem sie angefangen hatten, sich alle paar Tage zu schreiben. Kaal und die anderen kamen aus Mela, natürlich. Nina hätte es sich denken können, sie hatten so etwas freigeistiges an sich, waren nicht überarbeitet und konnten sich voll und ganz ihrer Kunst widmen. Nina gönnte es ihnen nicht so ganz. Ihr Leben war von harten festgezurrten Rhythmen bestimmt, die sie nicht nach Belieben ihren Launen anpassen konnte.

So wie jetzt. Nina klappte ihren Taschencomputer zu, ließ ihren Kopf gegen die Wand hinter sich fallen und schloss noch einmal die Augen. Das letzte Mal, bevor ihre dieswöchige 48-Stunden-Schicht begann. Der Waggon unter ihr ruckelte über die Gleise und sie vernahm das leise Gemurmel der anderen, die mit ihr zur Arbeit fuhren. Zwei Tage in der Woche lieh sie ihr Leben der Fabrik, dann würde sie wieder zu Hause sein.

Als der Zug zu einem abrupten Halt kam, kletterten sie alle aus dem Güterwaggon und machten sich schlaftrunken auf den kurzen Fußweg zum Werk.

„Na, wie war dein Wochenende?", fragte Birte, die jetzt neben ihr lief.

„Ich war auf dem Festival, hab mir die Musik dort angehört", gähnte Nina und schwang sich ihre Tasche über die Schulter.

„Ach was, *du*?", Birte beäugte sie kritisch.

„Hmm. Und du?"

„Alles wie immer. Du weißt, mit den Kindern vergeht die freie Zeit wie im Nu. Wenigstens ist es Sommer. Wir waren am See. Willst du nicht auch mal mitkommen?"

„Das nächste Mal bin ich dabei", murmelte Nina und ihr Blick glitt über die riesigen Haufen Schutt, Container, Metallreste und ausrangierter Maschinen, die schon seit Jahren ihren Weg zur Arbeit säumten und sich nie bewegten, sondern immer nur verrosteter und verfallener wurden.

Eine quietschende Tür öffnete sich und mehrere Dutzend MitarbeiterInnen strömten ins Innere. Nina registrierte nur peripher, dass ihr Körper und Geist in einen anderen Modus schalteten. Fast alles lief automatisch, nach vorgegebenen Bahnen ab. Wichtigste Prinzipien dabei waren: effizient und präzise sein, zügig und konzentriert arbeiten, richtig kalkulieren und fehlerlos abschließen.

In der Umkleide zog Nina sich ihren Arbeitsoverall über und band die Haare neu zu einem festen Knoten, trank das kalte Wasser aus ihrer Flasche und schlüpfte in die klobigen Arbeitsschuhe. Sie war startklar.

Die nächsten achtundvierzig Stunden gingen hunderte von Materialien durch ihre Hände, überprüfte sie tausende von verschiedene Verbindungen auf ihre Korrektheit, drückte sie auf dutzende von Hebeln und Knöpfe, kontrollierte sie etliche Anzeigen und Messungen, fiel sie in den Pausen fünf Mal in einen schnellen Schlaf, regte sie sich dreizehn Mal über verzögerte Abläufe und stockende Maschinen auf, fragte sie sich fünf Mal, wieso sie das alles eigentlich machte, nahm sie sich zehn Mal vor, zu Hause nur noch zu schlafen und nie mehr das Haus zu verlassen, rollte sie dreiundachtzig Mal ihre

Schultern, um die Verspannungen los zu werden, wischte sie sich dreiundzwanzig Mal ihre Hände an dem Overall ab, bekam eine Schnittwunde und zwei Schläge auf ihre Fingernägel ab, nahm eine Kopfschmerztablette und massierte ein eingeschlafenes Bein.

„Was stellt ihr eigentlich her?", hatte Kaal sie in einer Nachricht gefragt.

Sie stellten alles her. Sie stellten die ganze Welt her.

„Hier werden Teile für die Taschencomputer produziert", schrieb sie ihm. „Ich bin gerade in der Feinmechanik eingesetzt, habe mich in den letzten Jahren darauf spezialisiert und muss hochkonzentriert Kleinstteile verlöten. Aber wir liefern auch Schienen und Gehäuse für die autonomen Bahnen. Autoteile werden hier nicht hergestellt, weil es auf diesem Kontinent keinen Individualverkehr gibt. Aber dafür Teile für die Entsorgungsfahrzeuge und alle anderen Spezialfahrzeuge, die ihr bestimmt auch in Mela habt. Also man kann davon ausgehen, dass alles, was du in Mela anfasst und was aus Metall besteht, in unseren Werken vom Band gelaufen ist. Das können Laternenmaste, Treppengeländer, Stahlstreben für Beton, Laptopgehäuse, Nägel und Töpfe, Brückenteile und Zäune sein. Vielleicht nicht alles in meinem Werk, aber irgendwo in der Region auf jeden Fall. Naja, wenigstens aktuell. Es gibt Hinweise darauf, dass die Produktion immer mehr in andere Gebiete verlagert werden soll, in der die Löhne niedriger sind. Von daher wird sich der Markt sicher verändern."

„Mit wem schreibst du da?", fragte Birte sie in der ersten Pause und Nina klappte das Gerät zu, um es in ihre Tasche zu stecken.

„Kaal, der Typ vom Festival."

„Ach ja?", Birte biss in ihren Apfel und grinste.

In dem Gang, in dem sie standen, liefen ein paar Leute vorbei. Von weiter weg waren scharfe Sägegeräusche zu hören, es roch nach etwas Verbranntem.

„Er wohnt in Mela. Und spielt in einer Band. Also...", Nina schob mit dem Schuh Eisenspäne hin und her.

„Also, was?"

„Du weißt, wie die Leute in Mela sind.... Anders als wir", Nina verschränkte ihre Arme und lehnte sich an die Metallwand.

„Das ist wohl wahr. Trotzdem... Es ist schon sehr lange her, dass du dich für jemanden interessiert hast", Birte wog ihren Kopf hin und her. „Wenn in Ferra bisher nicht der richtige dabei war, dann vielleicht halt in Mela."

„Wir haben bisher exakt zwei Gespräche von Angesicht zu Angesicht geführt, wie soll man da überhaupt wissen, ob..."

„Aber ihr schreibt euch?", unterbrach Birte sie und begann mit ihren Armen Streckübungen zu machen. „Das zählt auch."

Nina rollte die Augen. „Der Typ trifft jeden Tag viele interessante Leute auf der ganzen Welt."

„Na, wollen wir wieder?", Frank kam zu ihnen rüber.

Birte nickte, salutierte und lief in eine andere Richtung, während Nina mit Frank zur Feinmechanik schlenderte.

„Wann ist das nächste Treffen der Gewerkschaft?", fragte Nina.

„Im Moment ist noch Sommerpause", Frank kratzte sich am Bart. „Also dauert es noch ein paar Wochen. Es gibt viel zu besprechen. So wie ich gehört habe, wird es wieder Entlassungen geben."

„Ach du Schande", Nina rollte die Augen. „Und wir können wie immer nur tatenlos zuschauen. Oder meinst du, wir sollten Proteste organisieren?"

Frank wiegte den Kopf hin und her. „Lass uns mit den anderen beraten. Ich bin unschlüssig."

„Ja, kann ich verstehen", seufzte Nina. „Man muss vorfühlen, wie viele mitziehen würden."

Sie liefen schweigend neben einander her und betraten die Halle mit ihren Arbeitsplätzen.

„Der neue Auftrag ist ganz schön knifflig", bemerkte Nina.

„Ich hab den Dreh auch noch nicht ganz raus", stimmte Frank ihr zu. „Aber du bist trotzdem schneller als ich. Ich hab gesehen, wie viel du schon weggeschafft hast."

„Hab letztes Jahr etwas ähnliches gehabt", Nina lächelte. „Was ist das überhaupt, was wir da bearbeiten?"

„Steuerungselemente für Waschmaschinen?", Frank kratzte sich an der Schläfe und nahm an seiner Werkbank Platz, die in einer langen Reihe von Arbeitsplätzen stand. „Am Ende sieht das alles doch immer gleich aus."

„Haste recht", Nina lief noch ein paar Meter weiter und setzte sich auf ihren Stuhl, um dort weiterzumachen, wo sie stehen geblieben war.

Nach vierundzwanzig Stunden war sie schon sehr müde, aber sie machte weiter und zählte die Stunden, bis ihre Schicht um war. Ihr Körper war das schon gewohnt, aber es war trotzdem immer wieder ein Kraftakt, so lange durchzuhalten. Nina ärgerte sich wie so oft darüber, dass die meisten Elemente, die sie zusammensetzten oder prüften wahrscheinlich nur für kurze Zeit genutzt und dann bereits entsorgt wurden. Das alles war so vergeblich. Immer Neues mit minderwertiger Qualität produzieren, welches schneller im Recycling landete, als sie ihre nächste Schicht antrat.

Nina dagegen träumte davon, etwas zu erschaffen, das vollendet in Form und Funktion war und von Generation zu Generation weitergegeben wurde. Zum Beispiel eine Eisengusspfanne. Ein Spaten. Eine Teekanne. Sie stellte sich vor, wie sie das Eisenerz mit ihren eigenen Händen aus der Erde grub, dann ein Feuer in einem Ofen anheizte, dass mächtig und alles verschlingend war, danach anfing, das Eisen zu schmelzen und nach ihren Wünschen zu formen. So lange, bis es ihren Ansprüchen genügte. Sobald das Objekt abgekühlt war, würde sie mit Hammer daran gehen und es immer und immer wieder bearbeiten, bis es vollständig war, bis sie die Form herausgeschält hatte, die in dem Rohmaterial gesteckt hatte.

Ein Wohlgefühlt durchströmte ihren Körper bei dieser Vorstellung. Nina war nicht technikfeindlich, sie konnte nur wenig mit der Vorstellung anfangen, am Computer mit 3D-Visualisierungstechniken Modelle zu entwerfen, ewig viel zu friemeln und zu löten, immer wieder Skizzen zu überarbeiten und Störungsmeldungen auszuwerten. Das machte sie zum Lohnerwerb, aber nicht um glücklich zu werden.

Nach und nach driftete Nina in ein Träumen von Skulpturen, die aus dem Inneren der Erde wuchsen und höher als der Turm zu Babel wurden, während ihre Fingerspitzen an dem Auftrag vor ihr werkelten. Vielleicht war es die Müdigkeit, vielleicht die monotone Tätigkeit, sie versank in den Details ihres aktuellen Projekts, welches in ihrem Atelier ruhte, aber auch in den vielen anderen

Ideen, die noch ganz unausgegoren in ihrem Kopf herumspukten und jederzeit ihre Form änderten.

Die meisten Leute dachten, Eisen und Metalle wären starr und unnachgiebig, aber für Nina war es eine heiße, flüssige Masse, die das Grundkonstrukt für so viele Strukturen ausmachte und so etwas wie ein Urelement der Welt war. Wer sie beherrschte, der verstand das Innere der Dinge und konnte tiefer in den Abgrund schauen, was Nina schon immer verlockend fand.

Als sie wieder aus ihren Träumen an die Oberfläche tauchte, war es Zeit für den Schichtwechsel. Nina räumte ihren Arbeitsplatz, zog sich um und schleifte ihre Füße zu der Station, an der der Güterzug bereits wartete und einer nach dem anderen von ihnen hineinkletterte, um auf dem kalten Boden Platz zu nehmen.

Niemand sprach, denn sie waren alle in einem halbkomatösen Zustand. Nina nahm ihre Umhängetasche, um sie als Kopfkissen zu benutzen und legte sich auf die Seite. Bald fuhr der Zug los und Nina sah in dem schmalen Spalt der Schiebetür, wie die Landschaft viel zu schnell vorbeizog.

Im Bruchteil von Sekunden schliefen alle ein. Nina konnte sich nicht wirklich erinnern, wie sie nach Hause kam, es musste im Halbschlaf passiert sein. Dort fiel sie in ihr Bett und holte noch mehr von dem fehlenden Schlaf nach, der so tief und schwer war, dass sie fürchtete, nie mehr daraus entkommen zu können. Ein massiger Amboss zog sie stetig in die unheimliche Düsternis der Tiefsee, während sie schwarzes Wasser einatmete und ihre Finger durch die seidige Masse um sich herum gleiten ließ.

Als sie sich endlich aus dem Reich der Untoten materialisierte, fühlte sie sich inhaltsleer und unstet. Sie stand auf und wärmte sich eine Portion Kartoffelsuppe auf, schlich durch ihre Wohnung, die neben dem Atelier lag und räumte ziellos auf, stand seelenlos am Fenster und starrte auf den Regen, der in Zeitlupe zu tropfen schien.

Nach und nach kamen ihre Lebensgeister zurück und sie schnappte sich ihre Teetasse, stieg auf der Außenleiter, die an ihrem Gebäude befestigt war, nach oben auf das Flachdach und setzte sich dort auf zwei Backsteine, die zu diesem Zweck dort herumlagen.

Sie überschaute die Stadt um sich herum. Die Sonne war schon länger untergegangen, aber die Reste von ihren Strahlen waren noch zwischen den Wolken zu erahnen. Heute in den frühen Morgenstunden war sie zu Hause angekommen, aber das schien schon mindestens ein paar Tage her zu sein. Nina nahm einen Schluck von ihrem Tee und folgte einem Güterzug, die mit einem dumpfen Geräusch Richtung Fabrikgelände fuhr, welches sich auf einem riesigen Areal erstreckte und mit mehreren Schornsteinen und anderen Aufbauten versehen war. Dahinter kamen noch weitere Verarbeitungsgebäude und kleinere Städte und so weiter und so fort, soweit sie schauen konnte. Dazwischen Strommasten, Schienen, Bahnhöfe, Brachflächen. Sie seufzte. Die Welt war so voll und gleichzeitig so leer. Voller Aufgaben und Aufträge, aber leer an Inhalten und Füllung.

Als es wieder anfing zu tropfen, schaute sie hoch in den Himmel. Eine riesige graue Wolkenwand hatte sich über ihr zusammengeschoben und kam ihr immer mehr entgegen. Es war Zeit, reinzugehen.

Dort lief sie wie fast immer zum Baumstamm, öffnete eine verborgene Klappe, hinter der ein ausgefeiltes System aus Platinen und Schaltern steckte und überprüfte die

Funktionsfähigkeit des Mechanismus, den sie mit Errichtung des Baumes vor zehn Jahren installiert und seitdem immer weiter ausgebaut hatte. Dachten die meisten Leute, sie würde hier Kunst betreiben, so ahnte keiner, dass in dem Baum etwas steckte, dass Ninas tiefes Bedürfnis nach Selbstbestimmung und Anarchie befriedigte. Wenn einmal der Tag kommen würde, an dem sie selbst, ihre Arbeit oder ihr Zuhause obsolet geworden waren, dann würde sie unter ihren eigenen Bedingungen bestimmen, wie das ausgehen würde. Ihr Leben lang hatte sie sich vorschreiben lassen, wann wie viele Schichten sie arbeiten sollte, welche sinnlosen Haushaltsgeräte oder Kriegswaffen sie zusammenschrauben oder testen sollte, aber das hier konnte ihr niemand nehmen.

Natürlich hatte sie dafür das ein oder andere Kleinteil aus der Fabrik herbeischaffen müssen. Tatsächlich bestand der ganze Bau aus Einzelteilen ihrer Lohnarbeit, aber Nina hatte deswegen kein schlechtes Gewissen. Hatte sie im Gegenzug nicht viele Teile ihrer Lebensenergie in der Fabrik zurückgelassen?

Zufrieden stellte Nina fest, dass der Mechanismus noch intakt war. So mussten sich Leute fühlen, die jeden Tag ihre Waffensammlung polierten oder so. Nina grinste vor sich hin und begann als nächstes, mit Kohle ein paar neue Skizzen anzufertigen, an bestehenden Projekten zu feilen und neue Formen zu gießen und diese mit dem Hammer zu bearbeiten.

Als sie sich um drei Uhr nachts körperlich erschöpft fühlte, nahm sie eine ausgiebige Dusche und legte sich ins Bett. Auf dem Nachtisch lag noch ihr Taschencomputer, den sie in der Dunkelheit aufklappte.

Ein paar Nachrichten von ihren Eltern und ihrer Schwester, eine von Birte. Ankündigungen von Gewerkschaftsaktivitäten, zu denen sie bald Rückmeldungen geben musste. Sie scrollte durch und schrieb an Freunde und Familie, dass es ihr gut ging und alles in Ordnung war, versprach in den nächsten Tagen vorbeizuschauen. Und dann war da noch ein Lebenszeichen von Kaal. Mit klopfendem Herzen klickte Nina darauf.

„Wir werden unsere Tour in einer Woche abgeschlossen haben und wieder zurück in Mela sein. Ich würde mich freuen, wenn wir uns dort treffen könnten. Was denkst du? Ich habe geschaut, mit dem Zug sind es fünf Stunden von Ferra nach Mela, das wäre zu schaffen. Wir können uns zusammen Kunst anschauen, ein paar Bands anhören, die Stadt kennen lernen. Warst du schon einmal in Mela? Es ist nicht so aufregend wie in anderen Städten, wir haben nicht so viel zu bieten, aber es gibt ein paar nette Sachen. Vielleicht hast du Lust? Über ein Wochenende? Da hätte ich mehr Zeit."

Nina setzte sich auf und öffnete ihren Kalender, checkte ihre Arbeitszeiten. Das nächste Wochenende musste sie arbeiten, aber das danach würde klappen, da wäre sie erst wieder dienstags im Einsatz. Als nächstes suchte sie sich die Zugverbindung heraus. Es stimmte, es waren etwas mehr als fünf Stunden. Das Ticket für die Hin- und Rückfahrt war nicht günstig, aber sie konnte es verkraften. Schließlich nahm sie sich fast nie Urlaub oder fuhr weg. Sollte sie es machen? Sie hörte schon die Stimme von Birte und ihrer Schwester Karla und ihrer Eltern und überhaupt von allen die sie kannte, dass sie die Möglichkeit ergreifen sollte. Nina klappte den Bildschirm zu und zog die Decke über ihren Kopf.

4

„Du solltest die Möglichkeit auf jeden Fall ergreifen!", rief Karla aufgeregt.

Sie saßen zusammen am Esstisch ihrer Eltern und aßen zu Mittag.

„Was ist, wenn es mir nicht gefällt, dann hänge ich in einer Stadt fest, in der ich niemanden außer Kaal kenne", sie stocherte in ihrem Essen herum und schaute zu ihrem Vater rüber, der wie schon seit Jahren teilnahmslos dabei saß und sich nicht am Gespräch beteiligte. Sie wusste nicht, wann es passiert war, aber irgendwann hatte er sich mental von der Welt verabschiedet und war nur noch körperlich anwesend. Sie sprachen nicht darüber, auch heute nicht.

„Dann buchst du dir ein Rückfahrtticket und fährst wieder nach Hause", Karla nahm ein Bissen vom Hühnchen.

„Hm", Nina schob den Teller von sich und wandte sich an ihre Mutter. „Gibt es etwas Neues bei euch?"

Diese überlegte und füllte das Glas von Ninas Vater wieder mit Wasser auf. „Dein Vater ist immer häufiger verwirrt und vergisst so vieles. Gestern ist er losgelaufen und musste am anderen Ende der Stadt von Leuten aufgesammelt werden. Vielleicht dachte er, er musste zur Arbeit?", sie schüttelte den Kopf.

„Bisher passiert das nur vereinzelt, oder?", Nina runzelte die Stirn. „Karla und ich sind in der Nähe und unterstützen euch, wenn es schlimmer wird."

„Und wenn sie das Werk dicht machen und ihr keine Jobs mehr habt?", fragte sie.

„Das wird nicht passieren", sagte Karla schnell und schüttelte den Kopf. „Seit Jahren ist die Rede davon, aber es wird immer abgewendet, so auch jetzt."

„In den Nachrichten ist die Rede davon, dass seit dem Niedergang des Konzerns Maana eine Umstrukturierung der Weltwirtschaft angestoßen wurde", der Blick ihrer Mutter verschwand in der Ferne. „Niemand weiß so genau, was das bedeutet. Aber anscheinend wird in Jaku eine eigene Metallverarbeitungsindustrie aufgebaut, um Kosten zu sparen und unabhängiger von Sanktionen zu werden."

Nina verdrehte die Augen. Sie fand, dass ihre Mutter sehr oft schwarz sah.

„Schau nicht so viele Nachrichten, da wird alles Mögliche erzählt", Nina trommelte mit den Fingern auf die Tischplatte. Ihr Vater schaute im Esszimmer herum, als würde er etwas suchen. Seit er im Ruhestand war suchte er wahrscheinlich die Maschinen, die er vierzig Jahre lang bedient hatte. Aber sie waren nicht hier.

„Nina hat recht. Es gibt mittlerweile so viele Theorien, was passieren wird, von so vielen selbsternannten Experten…", stimmte Karla ihr zu.

Ihre Mutter begann, den Tisch abzuräumen und Nina und Karla standen auf, um mitzuhelfen und danach ins Wohnzimmer zu gehen. Dort saßen sie auf demselben Sofa, auf dem sie schon als Kinder gesessen hatten. Sie schauten auf dieselbe Holzschale, die auf demselben blumenverzierten Deckchen am Couchtisch stand.

Und dann hingen sie da teilnahmslos, weil es in diesem Haus schwer war, eine andere Stimmung reinzubringen. Die Leute, die zur arbeitenden Bevölkerung gehörten, und das waren in diesem Haus aktuell nur noch Karla und sie, dösten zwischendurch ein und erwachten in einem unveränderten Setting: Ihr Vater lief mal nach oben, wo die Schlafzimmer waren, dann wieder nach unten in den Keller, dann an ihnen vorbei nach draußen auf die Terrasse und so weiter. Ihre Mutter erledigte den Haushalt und schien immer etwas Neues zu finden, das sie beschäftigte.

Nach zwei Stunden war es endlich angemessen, den Besuch zu beenden und auch das lief immer gleich ab.

„So, ich muss jetzt los", verkündete Nina und stand vom Sofa auf.

„Für mich wird es auch Zeit", Karla streckte ihre Arme in alle Richtungen.

„Was, jetzt schon?", ihre Mutter stellte den Wäschekorb auf dem Esstisch ab. „Ihr seid doch gerade erst gekommen?"

„Ich muss noch etwas erledigen", murmelte Nina, trottete zur Umkleide und begann ihre Schuhe anzuziehen.

„Wir sehen uns nächste Woche", Karla tat es ihr nach.

Und dann waren sie auch schon draußen und liefen ein kurzes Stück zusammen, bis sich ihre Wege trennen würden.

„Wann hast du wieder Dienst?", fragte Nina, als sie an der Abbiegung stehen blieben. Eine Frage, die in Ferra bestimmt jeden Tag hundertfach gestellt wurde.

„Übermorgen", erwiderte Karla.

„Na, dann sehen wir uns danach."

„Morgen ist ein Konzert in dem alten Stahlwerk, willst du nicht mitkommen?", Karla strahlte sie mit ihrem breiten Lächeln an und fuhr sich durch den Pony, der ihr zu lang geworden war.

„Oh...", Nina runzelte die Stirn und schaute durch die Gegend.

„Du warst doch letztens unterwegs und es hat dir gut gefallen, oder?"

„Ja, das stimmt... Das war anders. Es gab keine Erwartungshaltung... Weißt du noch, wie es war, als ich das letzte Mal mit dir herumgezogen bin? Ich war die Spaßbremse und deine Freunde fanden mich furchtbar langweilig."

„Das stimmt nicht", protestierte Karla.

„Es stimmt und du weißt es auch", Nina warf ihr einen bedeutungsvollen Blick zu.

„Du hast dich nicht allzu sehr an den Gesprächen beteiligt", gestand Karla ein.

Nina zuckte mit den Schultern.

„Diesmal kommst du noch davon, aber das nächste Mal bist du dabei!", verkündete Karla.

„Okay."

„Versprochen?"

„Versprochen", nickte Nina.

„Also bis dann!", Karla winkte enthusiastisch und entfernte sich.

Nina winkte zurück und schlug die andere Richtung ein.

5

Ein paar Schichten später saß sie im Zug auf dem Weg nach Mela. Es war schon lange her, dass sie Ferra verlassen hatte. Mehrere Jahre? Als sie gerade mit ihrer Ausbildung fertig gewesen war, da hatte sie mit ihren Freunden und Karla die Umgebung erkundet und sie waren in die größeren Städte der Region gefahren. Das war aufregend und lustig gewesen und Nina lächelte bei der Erinnerung. Aber irgendwann hatte sie der Rhythmus aus Schlafmangel und die üblichen Probleme des Lebens immer häuslicher werden lassen. Als dann die Gewerkschaftsaktivitäten dazu kamen, war gar nicht mehr daran zu denken, für ein paar Wochen aus Ferra zu verschwinden. Und dann war da noch das Atelier, in dem sie immer mehr die Erfüllung ihres Daseins gefunden hatte, statt bei anderen Menschen.

Nina lehnte ihren Kopf gegen die Fensterscheibe und ließ die Landschaft an sich vorbeiziehen. Dichte Wälder, die sie in Ferra seit dem Bergbau nicht mehr hatten, dunkle Berge, steile Felsen, lange Tunnel materialisierten sich und ließen sie von einem anderen Leben träumen. Von einem, in dem sie nicht über Tage hinweg in einer Halle ihr Dasein fristete und nicht mehr wusste, wie das Leben da draußen ablief. In dem die Müdigkeit zu einem alles bestimmenden Faktor wurde.

Aber was dachte sie da nur, sie war dankbar für ihren Job, für die Möglichkeit, eine hochqualifizierte Tätigkeit zu verrichten und einen sinnvollen Beitrag für die Welt zu erbringen. Als Gewerkschaftsvertreterin konnte sie sich außerdem für hunderte von KollegInnen einsetzen, immer wieder bessere Löhne und Arbeitsbedingungen aushandeln. Obendrauf hatte sie sehr viele Freiräume und konnte sich sonst voll ausleben, ihre kreativen Visionen umsetzen. Trotzdem. Sie konnte noch so oft das Dach durchbrechen und ihre Äste nach draußen wachsen lassen, es kam einfach immer ein neue Decke, eine weitere Halle, in der sie immer noch weitere Aufgaben verrichten musste.

Nina schloss die Augen. Es war noch sehr früh am Morgen, sie hatte den ersten Zug genommen. Sie sollte vielleicht noch ein paar Stunden Schlaf nachholen, bevor sie in Mela ankam, sonst würde sie gleich beim ersten Gespräch mit Kaal einschlafen. Kaal. Nina fasste sich an die Nasenwurzel und drückte fest zu. Wenn alles schief ging, dann konnte sie jederzeit zurückfahren. Wenn er sie seinen Freunden vorstellen und diese nichts mit ihr anfangen konnten, dann wäre sie am Boden zerstört und würde nach Hause kriechen. Wenn er sie langweilig und nicht mysteriös genug fand, dann würde sie ein paar Mal schniefen, Karla oder Birte anrufen und ihr Leid klagen. Wenn...

Sie musste träumen oder mindestens durch einen sehr ungewöhnlichen Tunnel fahren, denn mit einem Mal war sie mit dem Zug nicht mehr auf den Schienen unterwegs, sondern in einer Kapsel, die durch einen schwarzen Raum flog. Waren das in der Ferne Lichter, Sterne? Sie stand auf und spürte, wie ihr Körper in Schwerelosigkeit schwebte. Nina streckte ihre Hand aus, um die Kapselwände zu berühren, doch diese waren wie dünnes Papier und lösten sich auf. Nina schwebte in die Schwärze davon und versuchte sich um ihre eigene Achse zu drehen. Da kam etwas auf sie zu. Ein Haufen von Steinen. Sie streckte sich und fing einen nach dem anderen auf. Oh ja, das machte Spaß, sie griff sie aus ihrer Umlaufbahn und stapelte sie vor sich, mit der anderen Hand an ihren Oberkörper gedrückt. Als sie genug hatte, presste sie zwei der Steine kräftig gegeneinander und verschmolz diese, sodass eine Flüssigkeit entstand, die auf sie heruntertropfte. Nina presste ihren ganzen Steinvorrat und die Tropfen wurden immer größer, es entstand eine fließende schwarze Masse, die die Realitätsebene vor ihr aufriss. Nina streckte ihre Hand in den Riss und zog einen Kabel- und Platinensalat heraus, der keinen Sinn ergab. Völlig neben der Spur wachte sie plötzlich auf und schaute sich irritiert um. Sie war in dem Zug und musste bald aussteigen.

Also nahm sie einen Schluck Wasser aus ihrer Flasche und stand auf. Streckte sich. Es waren kaum andere Leute in dem Waggon. Ein junger Typ telefonierte unentwegt leise vor sich hin. Ein älteres Pärchen aß gekochte Eier. Ein Mann tippte auf seinem Laptop, während sein Hund im Gang lag, sodass jeder drüber steigen musste. Nina bewegte sich, an den Kopfstützen festhaltend, zu den Türen und stellte sich davor.

Die letzten Minuten der Fahrt führten durch eine Art Industriegebiet, in dem sich das Stromverteilungszentrum, Serverfarmen und andere technische Gebäude befanden. Der Zug wurde immer langsamer und schließlich kamen sie an ein paar dreistöckigen Bürogebäuden vorbei und ein für ihre Verhältnisse winziger Bahnhof kam in Sicht. Es war mehr ein überdachter Bahnsteig, ein richtiges Gebäude gab es dazu wohl nicht. Der Zug hielt an und Nina drückte auf den Türöffner, stieg aus. Die Sonne schien und ein leichter Wind wehte durch ihre Haare, Nina atmete tief ein und schaute sich um. Hier und da liefen ein paar Leute herum und auch der Zug verabschiedete sich, um die nächste Stadt anzusteuern.

Obwohl Mela keine kleine Stadt war, kam Nina jetzt schon alles sehr überschaubar vor. Vielleicht, weil sie die riesigen Anlagen von ihrer Arbeit gewohnt war. Sie lief vom Bahnsteig runter auf einen Weg, der den Bahnhof und die anderen Einrichtungen verband. Vor dem Bürogebäude ein paar Meter weiter weg standen ein paar Leute, die sich unterhielten. Nina schaute sie genauer an, ob sie anders aussahen als die Leute aus Ferra. Eine Frau hatte sehr kurze Haare, einen grünen Arbeitsoverall und war kräftig gebaut, sie würde ganz gut nach Ferra passen. Der Mann neben ihr hatte eher eine sportliche Figur mit langen schlanken Beinen. Beim Gespräch gestikulierte er und Nina fielen seine grazilen Hände auf.

„Da bist du ja", sagte jemand hinter ihr und Nina drehte sich abrupt um. Da stand Kaal.

„Sorry, ich habe mich etwas verspätet, musste noch schnell etwas fertig machen", er zeigte in eine andere Richtung, hinter den ‚Bahnhof'. „Dort ist meine Arbeit. Für heute konnte ich zum Glück schon Schluss machen. Aber erstmal: Schön, dass du da bist."

Sie schauten sich für den Bruchteil einer Sekunde in die Augen, doch es kam Nina viel länger vor. Kaal hatte braune Augen, der Wind spielte mit seinen kurzen und leichten Haaren, die Sonne reflektierte auf den hellen Augenbrauen und schien eine Leichtigkeit, Neugier und Verspieltheit an ihm hervorzuheben. Ein Lächeln umspielte seine Lippen und Nina hatte für einen kurzen Moment das Gefühl, Kaal haptisch zwischen ihren Fingern zu spüren, auch wenn sie sich noch nie berührt hatten. Unter seiner Haut war etwas Weiches, etwas Leuchtendes, etwas

Fließendes, wie blaue Lava, die mit den Wellen an den Strand gespült wurde.

„Hallo Misha und Petr", rief er über ihren Kopf hinweg. Nina drehte ihren Kopf und sah, dass er den beiden Leuten, die sie beobachtet hatten, zuwinkte. „Mela ist ein Dorf", lächelte er und sie setzten sich beide in Bewegung. „Petr ist der Sohn von Marcs Ehemann, unserem Sänger, du hast ihn gesehen?"

Nina nickte.

„Wir fahren am besten in die Stadt rein, da vorne ist die Haltestelle der autonomen Bahn", er zeigte die Straße hoch. „Wie war deine Fahrt?"

„Ereignislos, angenehm, die Zeit ist schnell vergangen", sagte Nina, während sie neben einander herliefen.

„Das kann ich von unseren vielen Fahrten in den letzten Wochen nicht behaupten, irgendwann konnte ich keinen Zug mehr von innen sehen."

„Wie war es… so auf Tour sein?"

„Anstrengend, aufregend…", Kaal kratzte sich an der Schläfe, „ich würde normalerweise nicht viel von der Welt sehen, also man kommt herum und es ist toll zu wissen, dass wir an so vielen Orten Fans haben, aber gleichzeitig sieht man auch nicht *so* viel von der Welt… Deswegen fand ich es toll, als wir in deinem Atelier waren, das hat mich sehr beeindruckt."

„Oh", Nina spürte, wie ihr Gesicht ganz warm wurde. Sie war es nicht gewohnt, dass Leute sowas offen aussprachen. In Ferra galt das Prinzip, nicht geschimpft war gelobt und nach dem lebte sie auch. Deswegen wusste sie nichts darauf zu erwidern.

„Bist du sehr müde? Ich habe ein Zimmer für dich organisiert. Am besten, wir fahren zuerst dorthin und danach können wir etwas zusammen unternehmen, oder?"

„Gute Idee. Ich hab im Zug etwas geschlafen, also wir können gleich loslegen."

Als die Bahn mit zwei Waggons angerattert kam, musste Nina zwei Mal hinschauen. Das Ding sah stark mitgenommen aus. Es war nicht nur von oben bis unten mit Graffiti beschmiert, die Fensterscheiben zerkratzt, auch hing eine Tür schief in den Angeln und quietschte, als sie sie sich öffnete und den Blick freigab auf einen Boden, der mit einer undefinierbaren Schmutzschicht belegt war.

„Es ist nicht so schlimm, wie es aussieht", lachte Kaal, der wohl ihren Gesichtsausdruck gelesen hatte, ging vor und sie stiegen ein. „Im letzten halben Jahr hat die Stadt ganz schön was mitgemacht", erklärte er mit ernstem Ton, als sie sich auf den zerschlissenen Sitzen niederließen. „Da sind viele Dinge liegengeblieben, unter anderem die Wartung und Pflege der Bahnen", sein Blick verlor sich in der Ferne.

Sie fuhren ein paar Stationen und stiegen wieder aus.

„Ich wohne ein paar Straßen weiter, aber hier wird dein Zimmer sein", eruierte Kaal, während sie durch ein Wohngebiet flanierten. „Wir haben ja keine Hotels in Mela, aber die unbelegten Wohnungen können für Gäste benutzt werden. Marc arbeitet in der Wohnraumvermittlung und hat das hier für dich herausgesucht."

„Wow, das ist echt nett, danke."

Sie betraten ein unscheinbares vierstöckiges Wohnhaus mit einer knarzigen Eingangstür und schiefen Treppenstufen. Dort stiegen sie ins oberste Stockwerk.

„Auf dieser Ebene sind die Toiletten außerhalb der Wohnungen", erklärte Kaal und gab den Code ein, um die Tür zu öffnen. „Deswegen werden sie in der Regel nicht vermietet. Das wurde früher einmal so gebaut", er zuckte mit den Schultern. „Du findest ein kleines Bad im Flur, da hinten, ist das okay?"

„Kein Problem", Nina betrat das Zimmer, es gab keine Diele, man stand schon direkt in dem einzigen Raum, in einer Ecke eine kleine Küchenzeile und in der anderen Ecke ein Einzelbett mit einem unscheinbaren Holzschrank.

Nina legte ihre Umhängetasche ab lief zum Fenster, um rauszuschauen. Die Bäume sahen von hier oben noch viel prachtvoller mit ihrem satten Grün aus. Irgendwo unten spielten ein paar Kinder Fußball und riefen sich Kommandos zu. Eine Taube setzte sich vor Ninas Sichtfeld und gurrte vor sich hin. Unten drunter schien jemand etwas Leckeres zu kochen, der Duft stieg durch das gekippte Fenster hoch. Stimmt, sie hatte noch nicht einmal gefrühstückt. Irgendwie war sie zu aufgeregt dafür gewesen.

„Alles okay?", Kaal stand plötzlich hinter ihr und Nina schreckte aus ihren Gedanken auf. „Bist du… enttäuscht davon, wie es hier ist?"

„Wie kommst du darauf?", Nina drehte sich zu ihm um und runzelte die Stirn.

„Du hast noch nicht viel gesagt…"

„Oh", Nina riss die Augen auf. „Es ist nur so viel zu verarbeiten, so viel Neues… Bist du enttäuscht, dass… ich nicht so bin, wie du es dir vorgestellt hast? Wir haben uns schließlich bisher nur einmal gesehen…"

„Enttäuscht? Nein", Kaal schüttelte entschieden den Kopf. „Ich fand unseren Austausch in den letzten Wochen sehr… belebend, ich habe mich über jede deiner Nachrichten gefreut und nun bist du hier", er lächelte breit. „Ich kann es immer noch nicht glauben."

„Ich muss dich warnen, ich glaube, ich bin ziemlich langweilig…"

„Das hast du schon oft genug gesagt", er nahm ihre Hand und zog sie hinter sich her, sie liefen aus der Wohnung und die Treppen nach unten, wo er wieder losließ. „Entgegen der allgemeinen Ansicht ist Mela keine Partyhauptstadt, also können wir uns alle zusammen hier langweilen", er lachte.

„Falls ich unerwartet einschlafen sollte, liegt es nicht an dir, nur damit du es weißt", Nina unterdrückte ein Lachen.

„Hmm, der Schichtdienst…"

Sie liefen zusammen zur Haltestelle und stiegen in die nächste Bahn. Nina fühlte sich etwas leichter und freute sich, einen Blick auf Mela werfen zu können. Aber als sie dem Zentrum immer näher kamen, war die Stadt so gar nicht wie erwartet.

„Was…", stammelte sie, als sie aus dem Fenster schaute.

„Letztes Frühjahr…", Kaal verzog das Gesicht. „Es ist schwer zu beschreiben, was passiert ist…"

„Ich habe in den Nachrichten gelesen, dass acht Leute aus Mela bei einem Flugzeugabsturz ums Leben gekommen sind…"

„Nein", unterbrach Kaal sie sofort, „sie wurden von Maana beseitigt, weil sie gegen den Konzern protestiert hatten. Acht junge Leute, die nichts falsch gemacht haben außer idealistisch zu sein", er schnaubte und wandte den Blick ab.

„Das tut mir leid", Nina legte ihre Hand auf seine und drückte kurz. „Stand dir von ihnen jemand sehr nahe?"

Kaal schüttelte den Kopf. „Es war nur so...", sein Blick verlor sich in der Ferne.

Nina folgte ihm und sah abermals, dass die Straßen, Häuser, Zäune, sogar die Bäume und Sträucher in ein Blau getaucht waren, als wäre eine Welle von Farbe durch die Stadt geschwappt. War das ein seltsamer Regen gewesen? Ein merkwürdiger unterirdischer Ausbruch? Was um Himmels Willen ging hier vor?

„Es ist schwer zu erklären", Kaal rieb sich die Stirn. „Bei der Beerdigung der acht Menschen kam es zu einem Ereignis... am besten unterhältst du dich mit Misha darüber. Sie kann das besser verstehen. Auf jeden Fall, seitdem ist diese Farbe nicht abzuwaschen, sie hat sich in den Straßenbelag, in die Grundmauern, in die Pflanzen gefressen. Egal, wie oft es seitdem geregnet hat, das Ultramarin strahlt wie am ersten Tag."

Sie stiegen an einer Art Marktplatz aus und Nina sah sich einmal um. Hier musste das Zentrum des Geschehens gewesen sein, denn die Farbe unter ihren Füßen war besonders dicht und strahlte ihr fast entgegen wie ein Himmel. Nina lief ein paar Schritte und entdeckte einen Riss, der sich durch den ganzen Platz zog. Sie ging in die Knie und fuhr die Stelle mit den Fingern nach. Es war, als ob die Farbe in einen etwa halben Meter breiten Spalt gesickert wäre und diesen ausgefüllt hätte. Das Blau darin fühlte sich weicher an als der normale Straßenbelag, der hier aus Kopfsteinpflaster bestand. Es war fast wie eine Wunde, die gerade noch am trocknen und Aushärten war.

Plötzlich hörte Nina ein lautes Schreien und stand auf, um die Ursache dafür zu suchen.

„Sie haben ihn ermordet! Und keiner hat ihn beschützt, keiner!", brüllte ein Typ ein paar Meter hinter ihr. „Diese Stadt ist dem Untergang geweiht, wir alle! Ihr werdet es schon sehen! Hau am besten jetzt schon ab!"

Er zeigte auf sie und Nina verengte die Augen. Er hatte braune halblange Haare, die vor seinem Gesicht hingen, seine Augen sahen glasig aus, seine Kleidung etwas vernachlässigt.

Kaal nahm Nina am Arm und zog sie zur Seite.

„Das ist Frederick, er hat seinen Bruder Mick bei dem Absturz verloren, seitdem…", erklärte Kaal. „Es geht ihm nicht gut. Er ist sehr wütend."

„Oh shit."

„Nimm es nicht persönlich. Er greift jeden an, den er sieht und versucht eine Reaktion zu bekommen. Manchmal sieht man ihn tage- oder wochenlang nicht und dann taucht er wieder auf. Weigert sich, jegliche Hilfe anzunehmen", seufzte Kaal.

„Was ist mit den Rissen, sie ziehen sich ja durch die ganze Stadt…", Nina zeigte auf den Boden.

„Wenn ich dir das erzählen würde, würdest du es mir nicht glauben", Kaal schüttelte den Kopf. „Hier ist übrigens das Stadtmuseum, das wollte ich dir zeigen."

Sie bogen in eine Seitengasse ein und Kaal zeigte auf eine breite Fensterfront im ersten Stock. Nina folgte ihm ins Treppenhaus des Gebäudes und mit einem Quietschen stieß er die Tür zum Museum auf.

„Hallo Juri", begrüßte er jemanden. „Bist du am Aufräumen?"

„Ja, ein paar Exponate sind durcheinander geraten. Und Staub wischen ist sowieso immer gut", antwortete der andere.

„Das hier ist Nina, sie kommt aus Ferra", stellte Kaal sie vor. „Und das ist Juri, er ist Professor für Gesellschaftswissenschaften und Marcs Partner. Seinen Sohn Petr haben wir vorhin kurz gesehen, beim Bahnhof."

Nina blinzelte ein paar Mal und nickte. Wenn das so weiterging brauchte sie eine Grafik, um sich das alles zu merken.

„Freut mich", Juri lächelte und Nina fiel sofort seine Förmlichkeit auf. Er trug einen Anzug in Anthrazit, Lederschuhe, eine Brille, hatte einen ordentlichen Kurzhaarschnitt und schon ein paar graue Haare.

Kaal und Juri vertieften sich in ein Gespräch und Nina lief durch die Regale, um sich die Ausstellung anzuschauen. Da ging es um die Entstehungsgeschichte von Mela, um das Grundgesetz, das Modell der Selbstverwaltung, die Migrationswellen und immer wieder um Kämpfe. Gesellschaftliche Kämpfe, Kämpfe mit Maana, Kämpfe um das wirtschaftliche Überleben. Nina versank in den Ausführungen über Attentate, Auseinandersetzungen und Koalitionen und dachte, dass Melas politische Dimension ihr vorher noch nie so bewusst war. In der Welt fiel Mela vor allem durch die schillernde Kunst- und Kulturszene auf. Da gab es Bilder, die in alle Welt geschickt wurden, natürlich Kaals Band, millionenfach verkaufte Bücher, Graphic Novels und so viel mehr. Allgemein wurde in Zusammenhang mit Mela darüber gesprochen, dass die BewohnerInnen sehr viel Wert auf ihre künstlerische Freiheit legten und wenig durch ihre harte Arbeit auffielen.

Als sie durch war, unterhielt sie sich noch kurz mit Juri und Kaal, bis Juri sich verabschiedete.

„Wie lange bist du schon in Mela?", fragte Nina schließlich, als sie noch durch ein paar Reihen liefen.

„Mit Anfang zwanzig bin ich hierhergekommen."

„Woher?"

„Sollen wir vielleicht etwas Essen gehen? Dann kann ich gleich in Ruhe erzählen."

„Gute Idee", nickte Nina und sie verließen das Museum, um ein nahegelegenes Café aufzusuchen. Nachdem sie sich ein paar Teigtaschen und Salat bestellt hatten, schaute Kaal sie bedeutungsvoll an und legte los.

„Meine Geschichte ist absolut unspektakulär", er biss in eine Teigtasche und kaute. „Ich komme aus der Ostebene. Hab dort eine fürsorgliche und liebevolle Familie mit meiner Schwester, meinem Bruder und meinen Eltern. Ich besuche sie immer noch regelmäßig, mindestens einmal im Jahr. Sie waren auch ein paar Mal hier, aber das ist nicht so interessant für sie."

Es kamen noch ein paar Leute in den Laden und bald war jeder Tisch besetzt. Dabei wurde es immer lauter und Nina dachte unwillkürlich an ihren ruhigen Arbeitsplatz in dem Werk, der zwar oft genug eintönig und starr war, aber immer den richtigen Geräuschpegel hatte, der Ninas Gedanken zur Ruhe kommen ließ.

„Ich hab dann in meiner Heimatstadt eine Ausbildung zum Elektrotechniker gemacht und zufällig eine Anzeige gesehen, dass Marc einen Keyboarder für seine Band suchte, sie war damals noch im Aufbau. Also habe ich mich beworben und wurde genommen. Seitdem bin ich in beiden Bereichen in Mela tätig, das müsste jetzt schon fast fünfzehn Jahre her sein."

„Aber mit der Ausbildung hättest du doch überall auf der Welt arbeiten können und Mela ist so weit weg von deiner Familie, und außerdem… es ist doch Mela?", sie hob eine Augenbraue und beobachtete neben ihnen eine Gruppe von drei Männern, die in eine lautstarke Diskussion verwickelt waren.

Kaal nickte und lachte. „Ich weiß, was du meinst. Es ist auch so, dass ich mich nie mit dieser ‚von der Welt verstoßen, in Mela gelandet' Einstellung identifizieren konnte", er stützte seinen Kopf auf die Hand und schaute nach draußen. „Irgendwie war ich einfach jung und unentschlossen, habe die erst beste Gelegenheit ergriffen und nie zurück geschaut."

„Wenn es das Richtige für dich war…", Nina zuckte mit den Schultern und betrachtete den Kellner, der einem Turm von schmutzigen Tellern durch die Reihen balancierte und bei ihnen vorbeikam.

„Es ist ein ganz schöner Ort", lachte Kaal wieder. „Sollen wir wieder los?"

Sie bezahlten und traten wieder auf die Straße. Die Sonne schien und Nina streckte ihr das Gesicht entgegen. Von der Sonne konnte sie nie genug bekommen, besonders wenn sie sie oft tagelang nicht sah.

„Ich hab mir überlegt, dass wir jetzt noch etwas im Park rumhängen und dann später langsam zu einem Konzert aufbrechen, das heute Abend von Freunden von mir stattfindet", eruierte Kaal, während sie noch vor dem Café standen. „Viele Leute, die ich kenne, werden dorthin kommen, es wird bestimmt lustig."

„Das hört sich…", Nina öffnete wieder die Augen und schaute hin und her, als suchte sie dort die richtigen Worte, „… voll an. Ich weiß nicht, ob ich da so eine gute Begleitung bin. Vielleicht sollte ich lieber…"

„Hmm?", Kaal blickte sie fragend an.

„Sieh mal, da sind alles Leute, mit denen du vertraut bist und ich kenne niemanden, das ist bestimmt anstrengend für dich, wenn ich dir die ganze Zeit hinterher laufe und du keinen Freiraum hast, dich in Ruhe zu unterhalten."

„Du kannst dich doch auch unterhalten?", er verengte die Augen, als würde er nicht verstehen.

Nina schüttelte den Kopf. Plötzlich wurde ihr ganz warm, als würde Dampf in ihren Kopf steigen. „Sorry, ich kann da nicht mitkommen", sie lief ein paar Schritte rückwärts von Kaal weg. „Ich weiß schon genau, wie solche Abende laufen, das ist nichts für mich."

„Was?", hörte sie Kaal noch rufen, aber da drehte sie sich schon um und rannte davon wie ein aufgescheuchtes Reh.

6

Sie lief erst in irgendeine Richtung, blieb aber irgendwann stehen und holte ihren Computer heraus, um eine Orientierung zu bekommen und die Anfahrt zu ihrer Bleibe nachzuschauen. Nach mehreren Anläufen schaffte sie es schließlich, in der richtigen Bahn zu sitzen. Erst dann atmete sie aus und fasste sich an die Stirn. Hatte sie alles vermasselt? Sie fühlte sich wie ein kleines Kind, dass nicht auf die Geburtstagsfeier ihrer besten Freundin gehen wollte. Verdammt, selbst das war schon passiert. Nina schüttelte den Kopf. Alte Gewohnheiten waren schwer abzulegen. Spätestens jetzt würde Kaal merken, dass sie nicht die Person war, die er sich vorgestellt hatte.

Nina stieg aus und lief zu dem Wohnhaus, stapfte die Treppen hoch in ihr Zimmer. Ließ sich dort auf das Bett fallen und fragte sich, was sie jetzt tun sollte. Sie wollte über nichts nachdenken, nicht darüber reflektieren, warum sie abgehauen war. Sie verscheuchte alle Gedanken daran und dachte an ihre Skulptur, an der sie bald arbeiten würde. Dachte an ihre nächste Schicht in ein paar Tagen. Aber auch das half nichts. Schließlich schlief sie ein.

Als ihr Taschencomputer klingelte, schreckte sie auf und rieb sich die Augen. Sie schaute auf das Display. Es war Birte.

„Hey", krächzte Nina mit belegter Stimme.

„Du lebst noch", sagte Birte am anderen Ende der Leitung. „Als du meine Nachrichten nicht beantwortet hast…"

„Sorry", räusperte Nina sich. „Ich war beschäftigt."

„Ist alles okay? Du klingst irgendwie…"

„Hab gerade geschlafen."

„Shit, habe ich dich geweckt?"

„Schon okay", gähnte Nina. „Ich darf eh nicht so viel tagsüber schlafen. Die Leute hier haben einen normalen Tag- und Nachtrhythmus."

„Aber sonst läuft alles gut?"

„Ich glaube, ich habe es vermasselt."

„Hmm?"

„Kaal hat mich zu einem Konzert heute Abend eingeladen und ich bin weggelaufen."

„Oh nein, er wusste nicht, dass das dein Kryptonit ist."

Nina lachte kurz. „Ich kann abends weggehen. Aber hier ist alles neu und ich kenne niemanden. Melaner sprechen alle perfekt Weltsprache und kennen sich alle, ich schwöre, die sind alle über zwei Ecken miteinander verbunden. Und ich?", Nina schüttelte den Kopf.

„Ich kann das nachvollziehen, du bist schließlich den ersten Tag da", sagte Birte mitfühlend.

„Danke. Trotzdem... ich hätte mich überwinden können. Wenn man neue Leute kennen lernen will, muss man seine üblichen Gewohnheiten zur Seite schieben und etwas wagen. Aber so weit kam ich erst gar nicht, es war eine Kurzschlussreaktion. Meinst du ich soll ihn anrufen?"

„So kann es ja nicht bleiben, oder? Oder willst nach Hause fahren?"

„Ich weiß nicht. Er tritt jeden Abend vor unbekannter Menge auf, er kann meine Reaktion bestimmt nicht verstehen. Macht das dann überhaupt Sinn? Vielleicht sollte ich wirklich schon fahren..."

„Nun mach mal langsam", Birtes Tonfall wurde mahnend. „Wie war es denn sonst?"

„Toll. Wirklich. Kaal ist sehr aufmerksam und wir verstehen uns gut. Er ist nicht eigebildet oder abgehoben, das war meine Befürchtung", Nina lachte. „Nein, ich glaube wir sind irgendwie auf einer Wellenlänge, auch wenn aus zwei verschiedenen Welten. Aber genau das ist es, lohnt es sich einen Kontakt aufzubauen, wenn wir geographisch so weit entfernt voneinander sind?"

„Mach dir darüber später Gedanken, oder?

„Hmm…"

„Auch wenn es schwer ist, lass dich erstmal darauf ein."

„Es ist schwer, dabei die Stimme auszublenden, dass ich mit meiner Art nicht kompatibel bin mit irgendjemandem…"

„Tsst", wehrte Birte ab. „Davon will ich nichts hören, du bist…"

„Wie ist es in der Fabrik?", fragte Nina stattdessen.

„Alles beim Alten, Baby", flötete Birte und Nina musste grinsen. „Löten, brennen, testen, wir haben es drauf."

„Neue Gerüchte wegen Verkauf oder sowas?", Nina hielt die Luft an.

„Du weißt, wie das ist", Birte hörte sich plötzlich ernst an. „Diese Gerüchte gibt es schon seit zehn Jahren. Verkauf, Zerschlagung, Umstrukturierung."

„Diesmal ist es aber so, dass der Weltmarkt umgewälzt wird und niemand weiß, was dabei herauskommt."

„Ich mach mir auch Sorgen", Birtes Stimme wurde dünner. „Was sollen wir dann machen? Das fragt sich jeder. Wir sind alle hier verwurzelt, haben unsere Familie und alles vor Ort…"

„Ich hab kein gutes Gefühl bei der Sache", murmelte Nina, stand vom Bett auf und lief zum Fenster.

„Du genießt erstmal die Zeit in Mela, okay?"

„Hmm."

„Ich muss los, schreib mir wie das Konzert-Drama ausgegangen ist."

„Mach ich."

Sie legten auf und Nina verschränkte ihre Arme vor sich. Unten auf der Straße spielten die Kinder nicht mehr, es war schon später Nachmittag. Ein älteres Ehepaar schlich über den Bürgersteig und ein Skateboard-Fahrer düste über die Fahrbahn an ihnen vorbei.

Nina nahm sich ihren Computer und begann Nachrichten über Maanas Aktivitäten zu studieren. Da sie von vielen anderen Konzernen von der Versorgung abgeschnitten wurden, begannen sie wohl, ihre eigene Metallindustrie aufzubauen. Wie ihnen das gelingen sollte, wusste niemand. Denn bislang hatten sie sich auf die weltweite Lebensmittelversorgung konzentriert. Aber die Vorreiter-Position in dieser Branche brach immer mehr zusammen. Proteste und der Umgang mit Regime-Gegnern hatten den Konzern doch nach und nach erodiert. Wie sie jetzt den Umschwung schaffen wollten, das konnte sich niemand wirklich vorstellen. Aus etwas zweifelhaften Quellen hieß es zudem, das neue Interesse an Metallverarbeitung wäre ein Deckmantel, um militärisch aufzurüsten und das waren ganz sicher auch keine guten Neuigkeiten.

Nina runzelte die Stirn und ging dazu über, ein paar Nachrichten zu beantworten. Die Gewerkschaftstreffen waren schon nächste Woche und sie stimmte mit Frank und den anderen die Tagesordnungspunkte ab, wertete

Rückmeldungen von den Mitgliedern aus und verfasste Stellungnahmen und Anregungen.

Plötzlich klopfte es an der Tür. Nina klappte den Computer zusammen, stand auf und öffnete.

„Hey", sagte Kaal.

„Hey", murmelte Nina und trat zur Seite, damit er eintreten konnte. Nina knetete ihre Hände, denn sie wusste nicht, was sie jetzt sagen oder machen sollte.

„Es tut mir leid, dass ich dich so überfallen habe, ich wusste nicht...", setzte er an.

„Nein, mach dir keine Gedanken", sprang Nina ihm gleich bei. „Du hast nichts falsch gemacht. Es war eine harmlose Einladung", Nina schloss die Tür und lief im Zimmer auf und ab, um überschüssige Energie loszuwerden.

„Und warum...", Kaal hob die Augenbrauen und schaute ratlos.

Nina blieb stehen und griff sich an die Nasenwurzel. „Ich hab die Befürchtung gehabt, dich und deine Freunde zu enttäuschen. In Mela sind alle so extrem sozial aktiv, ich glaube ich kann nicht damit mithalten."

„Hör mal", Kaal stellte sich vor sie. „Ich habe mit Marc darüber gesprochen und er meinte, ich war zu voreilig, ich soll dir mehr Zeit geben."

„Marc?"

„Er ist mein Berater, ach eigentlich von jedem den ich kenne der Berater, was zwischenmenschliche Beziehungen angeht, kennt sich so gut aus wie sonst keiner", grinste Kaal. „Er hat schon so manche verfahrene Situation gelöst... Auf jeden Fall, was hältst du davon, wenn wir da heute zusammen kurz vorbeschauen. Du musst dich auch nicht stundenlang mit den Leuten unterhalten. Hör dir einfach mal die Musik an und dann gehen wir, okay? Ich hab meinen Freunden versprochen da zu sein, wir müssen aber nicht den ganzen Abend da rumhängen."

„Ich hab ein schlechtes Gewissen, dich von deinen Verpflichtungen abzuhalten. Schon jetzt musst du Einschnitte machen wegen mir", Nina spitzte die Lippen. „Das fühlt sich nicht gut an. In Mela laufen so viele coole Leute herum, da gibt es bestimmt jemanden, der dieselben Interessen und Bedürfnisse hat wie du?"

„Nein", lachte Kaal und Nina fühlte sich erleichtert.

„Okay, ich komme mit, aber mach ruhig dein Ding, ich brauche keinen Babysitter. Kümmere dich nicht um mich", Nina winkte ab, „ich finde auch den Weg allein nach Hause. Ich meine es ernst."

„Wenn das dein größter Wunsch ist…"

„Jepp", Nina nickte.

„Sollen wir dann los, das Konzert fängt zwar noch nicht an, aber so langsam sammeln sich die Leute."

„Alles klar", Nina suchte ihre Jacke und warf sie sich über.

„Ich habe an unser erstes Treffen denken müssen", erzählte Kaal beim Weg zur Bahn, „als du dich als jemand anderes ausgabst…"

„Erinnere mich nicht daran", Nina legte ihre Hand über die Augen.

„Nein, ich vergesse manchmal diese Seite an dir", fuhr er im ruhigen Tonfall fort. „Dafür ist dieses Besuch doch gut, sich kennen zu lernen, oder?"

Nina stimmte ihm zu. „Danke", sagte sie nach einer Weile. Dann holte sie tief Luft. „Das kenne ich gar nicht. Dass Leute so transparent und locker sind. Bisher hatte ich immer den Eindruck, ich musste bei solchen Dates gewissen Kriterien genügen und mein Gegenüber beeindrucken. Gut aussehen. Witzig und kommunikativ sein. Die richtigen Komplimente machen. Andeutungen verstehen und Anspielungen machen. Nicht zu viel, aber auch nicht zu wenig von mir verraten. Die richtigen Fragen stellen. Später auch die Bedürfnisse des anderen erkennen und bedienen können. Beziehungskompetent sein", sie atmete tief aus.

„Ist es das, um was es hier geht, eine Beziehung?", Kaal grinste. „Nein, im Ernst, ich kann mir vorstellen, was du meinst, auch wenn das daten in Mela anders funktioniert. Es ist eher die Frage: wieviel und welchen seelischen Wahnsinn ist man bereit zu akzeptieren, bevor man durchdreht? Sich verkaufen in dem Sinne, wie du es beschrieben hast, darum geht es eher hintergründig. Und nein, das wäre auch nichts für mich."

„Und mein Wahnsinn ist nicht abschreckend für dich?", fragte Nina leise.

„Was?", Kaal blieb stehen und starrte sie an. „Es ist gut, dass du heute ein paar Leute kennen lernst, dann wirst du verstehen, was ich meine. Wirklich. Du bist angenehm unwahnsinnig und ich bin auch ziemlich lahm, also habe ich die Hoffnung, dass wir gut zusammen passen."

Nina fing an zu lachen. „Du bist alles andere als lahm. Du spielst in einer Band."

„Hmm", summte Kaal und sie stiegen zusammen in eine Bahn, die Türen schlossen sich mit einem Knarzen. „Das ist in Mela quasi das normalste, was du machen kannst. Ich bin außerdem am Keyboard, niemand kennt mich. Ich singe nicht, ich schreibe keine Texte. Dass Marc mich überhaupt dabei haben will, kommt mir immer noch komisch vor. Vielleicht, weil ich verlässlich und lahm bin."

„Aber ihr kreiert die Musik zusammen…"

„Oh ja, das ist das Beste", er seufzte und schaute aus der rumpelnden Bahn. „Einfach die Welt vergessen, nicht reden, keine Arbeitsgruppen bilden, keine Tagesordnungspunkte, keine Konzepte, sondern sich dem Flow hingeben. Später muss man natürlich feilen und nachbessern, aber das ist okay."

„Ich hab mir ehrlich gesagt noch gar nicht viel von euch angehört. Hab mich bisher nicht so sehr für Musik interessiert, aber ich hole das nach", wenn ich nicht so müde bin, fügte sie in Gedanken hinzu.

„Oh ja, mach das. Aber wenn es dir nicht gefällt, nehme ich es nicht persönlich."

„Ich fand euch auf dem Festival super."

„Das ist schon einmal ein Anfang", Kaal lächelte wieder sein listiges Lächeln, das Nina so mochte und das den Umgang mit Unsicherheiten so viel einfacher machte. Was für eine Entlastung, dass sie nicht so tun musste, als wäre sie der größte Musikfan.

Sie stiegen aus und Kaal bekam einen Anruf.

Nina driftete mit ihren Gedanken ab und betrachtete die Abenddämmerung, die sich am Himmel rostrot ankündigte. Und mit einem Mal schienen ihr alle Probleme, die sie zu Hause hatte, so angenehm weit weg. Sie schlenderte an einem lauen Abend durch eine friedliche Stadt und keine Werksschließungen, Lohnkürzungen oder Streikankündigungen spielten eine Rolle. An den etwas verschrobenen Anblick von Mela hatte sie sich mittlerweile gewöhnt. Immerhin nahmen die Leute das Leben hier nicht ganz so ernst. Sie akzeptierten abgebrochene

Fassaden, verwilderte Vorgärten, unebene Gehsteige und Müllhaufen in den Ecken. An manchen Stellen erblickte Nina sogar kleine Kunstinstallationen, die aus den Materialien der Umgebung wie Zweigen, Blättern, Abfall und kleinen Zetteln bestanden. Nina konnte sie nicht richtig zuordnen und runzelte die Stirn.

„Es gibt eine kleine Planänderung", riss Kaal sie aus ihren Gedanken, als sie gerade an einer alten Fabrikhalle vorbeiliefen. „Der Keyboarder der Band heute ist krank geworden und sie haben mich gebeten, einzuspringen. Ich kenne die Songs ganz gut, also müsste es klappen", er zog fragend die Augenbrauen nach oben.

„Oh, das ist sehr kurzfristig."

„Ist das okay?"

„Na klar."

Nina fühlte sich sogar etwas erleichtert. So musste sie nicht Runde um Runde Leuten vorgestellt werden und ihren Namen sagen, Small Talk betreiben, höfliche Nachfragen stellen und so weiter. Wenn sie allein umherstreifte und einfach nur beobachten konnte, das gefiel ihr.

Sie näherten sich der Location und Nina sah, dass sich vor einer weiteren, kleineren Halle, viele Leute versammelt hatten und sich unterhielten, rauchten, lachten.

„Ich sprinte schnell hinter die Bühne", Kaal drehte sich zu ihr um und schaute sie neugierig an. „Es geht schon bald los und es ist noch einiges zu erledigen. Wenn etwas ist, dann schreib mich an, okay?"

„Mach dir keine Gedanken um mich, wirklich. Ich komme zu Recht. Wir sehen uns."

„Gut", er nickte, drehte sich um und entfernte sich leichtfüßig.

Bevor er in dem Gebäude verschwand, blieb er noch bei einer Gruppe von Leuten stehen, wechselte ein paar Worte mit ihnen, drehte sich noch einmal um und zeigte auf Nina. Sprach er mit ihnen über sie? Nina änderte abrupt ihre Richtung und schlenderte hinter das Gebäude, weg vom Haupteingang.

Dort war es ruhiger. Zwei Leute lehnten an der Wand und waren miteinander verschlungen. Jemand anderes rauchte vor sich hin und starrte in den immer dunkler werdenden Himmel. Ein herrenloser Hund schnupperte an dem Unkraut, welches durch den betonierten Platz gebrochen war und ihn fast großflächig in Beschlag genommen hatte. An den Wänden der Halle waren Graffitis versprüht, die Nina nicht entziffern konnte.

Sie lief um die Halle herum, bog einmal um die Ecke und blieb stehen. Auf dieser Seite gab es eins von den wenigen Fahrzeugen, die für den Transport von Lasten eingesetzt wurden. Und jetzt wurde dort das letzte Equipment für das Konzert ausgeladen. Von den Leuten dort kannte sie nur Kaal, der sich mit allen unterhielt, herumalberte und dabei Kabel ausrollte. Es sah sehr vertraut aus und Nina beneidete ihn um die Lockerheit. Schließlich gingen sie alle durch den Hintereingang nach drinnen und Nina drehte sich auch um, um zurückzugehen, stieß aber dabei gegen jemanden. Erschreckt sprang sie zurück.

„Sorry", rief eine Frau, eine andere stand neben ihr und die beiden fingen an zu lachen. „Wir wollten dir nicht auf die Pelle rücken. Du musst Nina sein, oder?"

„Hmm", murmelte Nina und verschränkte die Arme vor sich.

„Ich bin Misha", sagte die eine, sie hatte raspelkurzes Haar und war kräftig gebaut, Nina hatte sie vorhin schon gesehen. „Und das ist Neev", sie zeigte auf eine kleinere Person, die lange graue Haare hatte, aber sonst eigentlich jünger aussah, es war irgendwie eine Dissonanz.

Nina musste zu lange gestarrt haben, denn Neev warf ihr einen kurzen Blick zu und wandte ihre grauen Augen gleich wieder ab.

„Sorry", murmelte Nina verlegen.

„Also du bist Kaals neue Freundin", Misha stützte ihre Hand in die Hüfte. „Und wir sollen ein Auge auf dich werfen."

Nina verdrehte die Augen.

„Kleiner Scherz", lächelte Misha versöhnlich und trat neben sie, um sich bei Nina einzuhaken. Neev lief auf Ninas andere Seite, berührte sie aber nicht.

„Dein erster Tag in Mela?", fragte Misha, während sie den Weg zurückgingen, den Nina gekommen war. „Das ist gut, dass du gleich auf einem Konzert bist. Als ich dreizehn war, da hatte ich meinen ersten Tag hier und war auf einem Auftritt von Marcs Band im Stadtpark, es war Magie pur", Misha schien in Erinnerungen zu schwelgen, ihre Stimme nahm einen sanften Klang an. „Natürlich hatte ich keinen Plan vom Leben und musste noch einige Prüfungen bestehen, aber es war trotzdem ein schöner Anfang."

Nina schaute zu Misha rüber und fand, dass sie eine unglaublich mitreißende Art hatte. Die Energie in ihr schien zu blubbern und zu sprudeln, fast aus ihren Fingerspitzen herauszulaufen und sich überall zu verteilen.

Auf dem Vorplatz vor dem Haupteingang blieben sie stehen und Nina sah, dass schon ein paar der BesucherInnen reingingen.

„Du hast so etwas silber-graues an dir", Misha hatte sich ausgehakt und kam Ninas Gesicht näher, etwas zu nah. Nina blickte in die wachen grünen Augen, die umhersprangen und Nina wie ein ungewöhnliches Exponat in einem Museum betrachteten. „Oh, da ist noch mehr, ich rieche tief sitzende Kräfte, du kannst Materie deinem Willen beugen, du kannst formen und verändern, du kannst schmelzen und zerstören."

„Sie hat ein paar Sprenkel von Blau", sprach Neev das erste Mal und Nina mochte sofort ihre ruhige und androgyne Stimme, die etwas abgehoben überirdisches hatte.

„Wo findest du eigentlich überall Blau?", fragte Misha und schaute Neev skeptisch von der Seite aus an.

„Ich bin ein lebender Blau-Detektor", Neevs Lippen verzogen sich zu einem kleinen Lächeln. „Und ich kann nichts dafür, dass Mela auf einem unterirdischen Reservoir an blauer Energie gebaut wurde."

„Aber Nina kommt gar nicht aus Mela", warf Misha ein.

„Wer kommt nicht aus Mela?", ein junger Mann kam zu ihnen.

„Das ist Petr", erklärte Misha. „Und das Nina, sie kommt nicht aus Mela."

Sie schüttelten sich die Hände und Nina bewunderte Petrs athletischen Körperbau, doch seine Augen hatten etwas dunkles im Hintergrund.

„Es ist schön, dass du uns besuchst. Ich hoffe, diese zwei haben dich nicht verstreckt. Misha ist in vielen verschiedenen Sphären unterwegs, wir kommen da oft selbst nicht mit", er zuckte mit den Schultern, als würde er über das Wetter sprechen. „Kritisch wird es nur, wenn sie uns alle mitreißt, wie bei der Beerdigung letztens."

„Entschuldige", Misha stemmte ihre Hände in die Hüften, „die Anspannung lag in der Luft, ich habe nichts dazu beigetragen, dass es so eskaliert ist."

„Ich hab die blaue Farbe, die bei dem Gewitter runtergekommen ist, immer noch unter den Fingernägeln", Neev hob ihre Hand hoch, aber in der Dunkelheit konnte Nina nichts sehen.

„Was glaubst du, wie es bei uns aussieht", stimmte Petr ihr zu, „in den Bodendielen, Sofaritzen, sogar in der Haarbürste und den Bettlaken, egal, wie oft ich sie wasche, alles voller Ultramarin…"

„Ich mag es, wie die Farbe auf dir aussieht", flüsterte Misha für alle hörbar in Petrs Ohr.

„Moment mal", meldete sich Nina, „aber wie sind die Risse in den Boden gekommen, ich habe sie in der Stadt gesehen."

Alle drei schwiegen und schienen zu überlegen.

„Manchmal ist die Trauer so groß", sprach Neev schließlich, „dass die bestehenden Strukturen nicht anders können, als aufzubrechen", sie machte eine entsprechende Handbewegung, „und für einen Moment zerbricht alles über und unter einem, scheint einen mitzureißen, man droht unterzugehen, aber dann entsteht eine neue Form. Die Bruchkanten sind zwar immer noch da, das Gewebe ist weich und vernarbt, aber der Sturm legt sich, die Tränen versiegen, die Lava trocknet und darauf kann etwas Neues wachsen."

Petr klatschte lakonisch in die Hände. „Bravo."

„Das hast du so poetisch ausgedrückt", Misha wuschelte Neev über die Haare.

„Lass das", wehrte diese mit einem Lächeln ab.

„War das aus ‚Weisheiten für jeden Tag'"?", bohrte Petr weiter nach.

Neev boxte ihn in den Arm.

„Leute, das Konzert fängt an", rief Misha plötzlich und stürmte nach vorne, Nina und die anderen folgten ihr.

Sie drängten sich in den engen, vollen und dunklen Raum, während vorne die ersten Klänge ertönten. Nina erblickte eine Sängerin, einen Gitarristen, einen Bassisten, jemanden der hinter seinem Schlagzeug versteckt war und links an der Seite Kaal am Keyboard. Sie hatte ihre neuen Bekanntschaften aus dem Auge verloren und drückte sich in die letzte Reihe des Zuschauerraums hinter ihr unbekannte Menschen.

Diesmal konnte sie sich nicht so gut auf die Musik konzentrieren. Sie war noch nie der musikalische Typ gewesen und die Songs hier klangen gleichförmig und wie die Variation des Stückes, welches am Anfang gespielt wurde. Nina beobachtete die Leute, die vorne etwas mehr mitgingen, aber weiter hinten unterhielten sich auch viele und zeigten sich Aufnahmen oder irgendwas auf ihren Computern. In jeder Pause wurde geklatscht, aber es war nicht die mitreißende Stimmung wie bei Marcs Band.

Kaal war sehr auf sein Keyboard konzentriert, mehr konnte Nina auf die Entfernung nicht ausmachen. Irgendwann trat sie von einem Bein auf das andere und beschloss schließlich, wieder nach draußen zu schlüpfen. Dort war die Nacht schon in alle Ecken geflossen. Außer ihr war niemand vor der Tür und Nina lief ein paar Schritte, kickte dabei ein paar Steinchen vor sich her. Im Hintergrund dröhnte die Musik dumpf vor sich hin.

Auf dem Boden fand sie einen etwa halben Meter langen Draht und hob ihn auf, begann ihn in eine runde Form zu biegen. Es ging nicht sofort, aber wenigstens hatte sie etwas zu tun. Ohne es recht zu planen entfernte sie sich immer mehr von dem Konzert und ließ sich in eine beliebige Richtung treiben. Kurz hielt sie an, um Kaal darüber zu informieren, dass sie schon gegangen war.

Sie war jetzt im alten Industriegebiet, auch wenn Nina unmöglich ausmachen konnte, was hier einmal hergestellt, gelagert oder vertrieben worden war. Es fanden sich noch mehrere große und kleine Lagerhallen, von denen manche als Veranstaltungsräume genutzt wurden, die meisten aber standen leer und zerfielen.

Nina formte aus dem Draht immer mehr eine Spirale und versuchte diese, um ihren Unterarm zu wickeln. Das Konzert war ganz okay und die Leute nett gewesen, aber hier allein im Dunkeln umherzustreifen war viel besser. Nina konnte ihren Gedanken freien Lauf lassen und die Nacht und den Raum für sich einnehmen, wie es ihr passte.

Langsam ließ sie den Teil der Gegend hinter sich, bei der sich noch Leute aufhielten und ihren Freitagabend genossen und kam in den Bereich, in dem der Verfall sich voll und ganz ausgebreitet hatte. Es gab keinen sichtbaren Weg, sondern nur noch Schutthaufen und halbe Gebäudefetzen, schräg wachsende Bäume dazwischen, verbogene Eisenstangen und verstümmelte Metallplatten. Nina stieg über die Haufen und bahnte sich einen Weg durch den verlassenen und vergessenen Stadtteil.

Es machte sie wehmütig mitanzusehen, was aus einem Gebiet wurde, in dem irgendwann einmal viele Menschen gearbeitet hatten. Dies hier war ein Lebensinhalt gewesen, eine bedeutungsvolle Stätte des Zusammenkommens und Produzierens, es hatte einen Wissensaustausch und ein Konglomerat an Arbeitstechniken und Verarbeitung gegeben. Und dann mit einem Mal wurde alles irrelevant und bedeutungslos. Was heute noch gepflegt und mit Hingabe in Stand gehalten wurde, wurde morgen achtlos weggeworfen und dem Verfall hingegeben. Manchmal konnte Nina es gar nicht aushalten, dass das der Lauf der Dinge war, besonders in ihrer Welt mit ihrem Wirtschaftssystem. Produktionen wurden verlagert oder ganz eingestellt und schon war alles, was dafür gebraucht wurde, nur noch Schrott.

Sie wickelte den Draht noch fester um ihren Unterarm und bog ihn um ihre Hand. In solchen Momenten wurde ihr bewusst, wie sinnlos ihre ganze Tätigkeit in dem Werk von Ferra war. Beliebig, austauschbar, vorübergehend. Nina blieb stehen und setzte sich auf einen Betonklotz. Um sie herum nichts als Trümmer. Sie dachte an ihren Traum aus dem Zug, als sie im Weltraum geschwebt hatte. Hier, in der Schwärze, nur vom schwachen Licht durch die ferne Stadt und den Halbmond erleuchtet, war es, als könnte sie sich loslösen von der Welt und unter das übliche oberflächliche Geschnatter tauchen.

Sie schloss die Augen und streckte ihre Arme rechts und links aus. Auf der rechten Seite hatte sie ihren Draht, der sich bis zu ihrem Zeigefinger hochwand. Mit dieser Hand konnte sie das vergessene und vergrabene Metall aus diesem Fabrikfriedhof herausziehen. Es kostete sie zwar etwas Anstrengung und es rumpelte unter ihr, aber sie barg ein Stück nach dem anderen, nahm sie zwischen ihre Hände und verschmolz sie nach und nach zu einem Klumpen. Es quietschte und rumpelte, wurde warm und es schlugen ein paar Funken. Nina formte schließlich eine Kugel, die sie plättete und immer flacher drückte, bis eine

Art Schild daraus entstand. Er war noch nicht fertig, aber Nina ließ das Gebilde vor sich auf den Boden fallen und atmete ein paar Mal erschöpft ein und aus.

Sie öffnete wieder ihre Augen und schaute auf ihre in schwarze Masse getauchte Hände, die Farbe reichte bis in die Unterarme und floss ihre Ellenbogen entlang. Nina war zufrieden mit sich. Sie stand auf, nahm ihren Schild und machte sich auf den Rückweg.

In ihrem Zimmer angekommen, zog sie den Draht ab und schrubbte sich die Hände, die etwas heller wurden. Sie legte das Metallgebilde in die Ecke und betrachtete es von ihrem Bett aus. Wie war das möglich? Sie hatte ohne ein Feuer, ohne Werkzeuge… Nina schüttelte den Kopf und machte sich für das Bett fertig. Klappte kurz ihren Computer auf und sah ein paar Nachrichten von Kaal. Wie immer hatte sie ihr Kommunikationsgerät auf lautlos gestellt gehabt. Sie antwortete ihm, dass alles in Ordnung war und sie jetzt schlafen gehen würde. Ein letztes Mal stand sie auf und zog die Vorhänge einen Spalt auf. Dahinter erblickte sie die ersten hellen Streifen, die den Sonnenaufgang andeuteten. Nina stutzte. Dann schlüpfte sie ins Bett und schlief sofort ein.

7

Als sie wieder aufwachte, fiel es ihr schwer, aus dem Schlaf in die Realität zu wechseln. Immer wieder oszillierte sie zwischen den beiden hin und her und konnte nicht genug Kraft aufbringen, um bei dem einen oder anderen zu bleiben. Schließlich landete sie unsanft in der Wachwelt und lag trotz des langen Schlafes fast leblos in ihrem Bett, unfähig, sich zu etwas aufzuraffen.

Schließlich schaffte sie es den Taschencomputer vom Nachtisch zu holen und ihn aufzuklappen. Es gab einige neue Nachrichten, aber sie rief erstmal Kaal an.

„Guten Morgen", murmelte sie, als er dranging.

Sie hörte ein Schmunzeln. „Es ist Mittag."

„Sorry, durch den Schichtdienst ist mein Schlafrhythmus ganz durcheinander, ich hab irgendwie die Kontrolle darüber verloren", sie fuhr sich mit der Hand über das Gesicht.

„Kein Problem. Was sollen wir heute machen? Wir könnten noch zum Markt gehen, wenn du möchtest, er hat noch die nächsten zwei Stunden geöffnet."

„Bitte keine Menschenmengen", grummelte Nina und legte sich den Arm über ihre Augen. Wie sollte sie es heute überhaupt schaffen, aufzustehen? Es schien eine unmöglich Aufgabe. „Wenn einer mir heute ins Ohr schreit, dass Gurken im Sonderangebot sind, kann ich für nichts garantieren", sprach sie mehr mit sich selbst.

„Was war das?"

„Nichts, ich hab nur schlechte Laune."

„Du hörst dich sehr müde an. Willst du deine Ruhe haben?"

„Nein, ich muss mich nur aufraffen, das ist ein bekanntes Problem."

„Soll ich einfach erstmal vorbeikommen, möchtest du etwas essen?"

„Oh ja, ich habe einen Riesenhunger", sie legte ihre Hand auf ihren Bauch, der sich wie ein Vakuum anfühlte. Hatte sie das letzte Mal vor vierundzwanzig Stunden gegessen? Ein Skandal.

„Na gut, ich werde etwas organisieren und bin in einer halben Stunde da."

„Danke. Bis gleich."

Nina legte auf und schleppte sich durch den Hausflur zu den Sanitäranlagen, bevor sie es sich anders überlegen konnte. In diesem uralten merkwürdigen Bad knackte es in den Leitungen, als sie das Wasser aufdrehte. Es war kalt und kam unregelmäßig aus dem Duschkopf. Nina war sehr schnell wach und starrte auf die abgebrochenen weißen Kacheln an den Wänden. Immerhin, ihre Hände sahen wieder halbwegs normal aus, nur an ein paar Stellen gab es schwarze Linien, die sich wie Tinte durch die Haut zogen.

Wenige Minuten nachdem sie zurück in ihrem Zimmer war, klopfte es auch schon an der Tür und Kaal kam rein. Nina lief noch ziellos durch den Raum und rubbelte ihre Haare mit dem Handtuch trocken.

„Und, wie war es gestern?", fragte sie und hoffte, dass er für den Moment das Reden übernehmen würde, denn sie fühlte sich noch nicht bereit dafür.

„Das spontane Einspringen war stressiger, als ich gedacht hätte", er zog Schuhe und Jacke aus und lief zu dem kleinen Küchentisch, an dem er auszupacken begann. „Aber es waren zum Glück nicht viele Einsätze für das

Keyboard, also habe ich mich halb durchimprovisiert. Sorry, wenn ich so viel beim Auf- und Abbauen dabei war."

„Mach dir keinen Kopf", winkte Nina ab und hängte das Handtuch auf den Heizkörper. Holte die Bürste aus ihrer Tasche und begann, ihre Haare zu kämmen.

„Sicher? Ich hatte ein schlechtes Gewissen. Schließlich waren wir verabredet."

„Völlig in Ordnung. Ich erkunde gerne auf eigene Faust. Also, nicht dass du denkst, ich versuche dich zu meiden…", Nina legte die Bürste beiseite. Die Fallstricke von Kommunikation waren manchmal nicht einfach zu navigieren.

„Was hast du erkundet?", fragte Kaal stattdessen.

„Zuerst habe ich Misha, Neev und Petr kennen gelernt", Nina lächelte bei der Erinnerung. „Sie waren merkwürdig und lustig."

„Oh ja, das kann man wohl sagen. Magst du Kräutertee? Wir haben fast keinen Kaffee in Mela und ich habe diesen Tee hier mitgebracht", er stellte eine Thermoskanne auf den Tisch und holte zwei Tassen aus dem Regal.

„Sehr gerne", Nina setzte sich an den Tisch.

Kaal schenkte ihr die dampfende Flüssigkeit ein und Nina nahm die Tasse in zwei Hände.

„Auf dem Weg habe ich uns noch Röstis besorgt, ich hoffe, das ist okay?", er holte etwas aus zwei Papiertüten.

„Was ist das? Der Name sagt mir nichts", Nina streckte ihren Kopf, um einen besseren Blick zu bekommen.

„Geriebene Kartoffeln angebraten und überbacken mit Käse, es gibt aber auch Apfelmus dazu."

„Mmh, sehr lecker", Nina rieb sich die Hände.

Sie fingen an zu essen und Nina genoss die warmen Kartoffelfladen in ihrem Mund.

„Und nach dem Konzert?", knüpfte Kaal an ihrem Gespräch wieder an.

„Uh, ich war nur bei den ersten Liedern da, dann trieb es mich nach draußen. Dort bin ich in dem alten Industriegebiet herumgestromert und hab mir alles angeschaut."

„Es war stockdunkel."

Nina zuckte mit den Schultern. „Ich habe meine Mittel und Wege."

„Hast du das hier dort gefunden?", er zeigte auf den Schild in der Ecke und Nina erinnerte sich auf einmal an ihre nächtlichen Aktivitäten, an das Schmieden und Schmelzen. Ein Wohlgefühl breitete sich in ihrem Inneren aus und sie fuhr gedankenverloren die schwarzen Linien auf ihren Armen nach. So sehr in sich fühlte sie sich sonst nur, wenn sie in ihrem Atelier werkelte und völlig die Zeit vergaß. Noch nie hatte sie sich woanders so fallen lassen können. In Ferra würde sie noch nicht einmal auf die Idee kommen, in der Nacht draußen herumzustreunen und Metallreste zu suchen. Nicht, weil es gefährlich wäre oder so. Es gab viel bessere Möglichkeiten, um an Abfall zu kommen.

„Nina?", fragte Kaal und sie musste ein paar Mal blinzeln, um wieder in der Gegenwart anzukommen.

„Sorry", sie schüttelte den Kopf, unfähig, seine letzte Frage wieder aufzurufen. „Die Überreste vor der Stadtgründung sind natürlich sehr interessant für mich. Schade, dass alles aus der Zeit vorher einfach nur verfallen ist. Aber so ist es ja meistens in menschlichen Siedlungen. Rahmenbedingungen ändern sich und Leute ziehen weiter."

„Wenn du willst, können wir gleich einen kleinen Spaziergang an den alten Bahngleisen machen. Ich war da erst einmal und fand, dort war eine angenehme Atmosphäre. Und wenn du altes Metall so sehr magst…"

„Hört sich gut an", nickte Nina und stopfte sich noch mehr Rösti in den Mund.

Und so machten sie sich kurze Zeit später wieder auf quer durch die Stadt zu einer anderen Ecke in Mela. Die Sonne blitzte immer wieder durch watteweiße Wolken und verwandelte den Tag in einen Sommertraum. Auf allen Straßen waren so viele Leute unterwegs, um Besorgungen zu machen. Gruppen von Jugendlichen lachten, vielleicht auf dem Weg zu einem See oder in den Park. Jogger bahnten sich den Weg. Männer und Frauen, beladen mit Stofftaschen und kleinen Karren, brachten Einkäufe nach Hause. Kinder liefen kreuz und quer einem Ball hinterher und wurden von ihren Eltern ermahnt, sich vor der Bahn in Acht zu nehmen. Doch es gab auch immer wieder Haufen von blau gefärbtem Überresten, wie angespült an einem Strand, der sich in Ecken staute und vor dem hin und wieder Blumen und Zettel hinterlegt waren. Sie vermutete als Erinnerung an die Verstorbenen.

„Hier wären wir", Kaal ging vor und sie stiegen aus der Bahn, liefen zusammen durch eine Straße mit Wohnhäusern, die aber nach und nach in ein unbebautes Gelände überging, in dem eine Mischung aus Birken und Buchen und kaum mehr sichtbaren Betonboden vorherrschte.

Nina musste zweimal schauen, um die Bahngleise in dem eingewachsenen Gestrüpp zu entdecken, doch Kaal lief in das Gleisbett, in dem sich niedrige Pflanzen auf den

Steinen tummelten und Nina folgte ihm. Nach ein paar Minuten standen sie in einem dichten Wald, nur die alten Schienen schlugen eine Schneise hindurch. Nina balancierte auf einer Schiene und lief neben Kaal her, der in der Mitte war.

„Also Neev und du, ihr kommt beide aus der Ostebene, weil ihr die dort typischen Namen habt?", fragte Nina.

„Ja, genau", schmunzelte Kaal. „Aber wir haben uns am Anfang gar nicht verstanden. Sie ist Marcs Kollegin in der Stadtverwaltung und als wir uns kennen gelernt haben, hat sie mich nur schief angeschaut."

„Hm?"

Kaal atmete tief ein. „Neev hat eine rebellische Ader und steht mit unserem Heimatland auf Kriegsfuß, vor allem was die dortigen Ansichten angeht, wie Männer und Frauen auszusehen und sich zu verhalten haben. Und ich bin mehr der angepasste Typ", er zuckte mit den Schultern. „Also hat sie mich gleich als Feindbild ausgemacht. Außerdem dachte sie, ich würde mich an Theo ranmachen, ihr damaliger Freund und jetziger Ehemann."

„Und, hast du?"

„Er ist sehr gutaussehend, aber nicht ganz mein Fall."

„Eine typische Geschichte aus Mela", Nina ging von den Schienen runter und lief jetzt direkt neben Kaal auf dem Gleisbett.

„Warum?"

„Jeder kennt jeden, jeder hatte schon was mit jedem."

„Moment mal, ich hatte mit keinem meiner FreundInnen oder KollegInnen irgendwas."

„Okay, das war eine unfaire Schlussfolgerung. Wahrscheinlich bin ich unterbewusst etwas angefressen, weil mein sozialer Zirkel nicht so groß ist."

„Wer gehört denn zum engsten Kreis?"

„Lass mich überlegen", Nina kratzte sich am Kinn. „Also ich habe meine beste Freundin Birte, meine Schwester Karla, einen sehr guten Kollegen Frank und das sind alle Leute, die mir nahe stehen. Natürlich einige Bekannte, Nachbarn, alte Schulkameraden und so weiter."

„Ja, so ähnlich ist es in meiner Heimatstadt. Das Leben ist einfach sehr durchgetaktet."

„Durch den Schichtdienst ist jeder viel mit sich und seinem Alltag, seiner Familie beschäftigt."

„Schade, oder? Ich hab das Gefühl, das Öffnen der Gesellschaft tut jedem gut. Natürlich können wir in Mela auch nicht jeden integrieren oder vor Einsamkeit bewahren, aber es gibt schon sehr viele Angebote."

„Dafür...", Nina biss sich auf die Lippe und überlegte, wie sie das jetzt diplomatisch ausdrückte. „Produziert ihr auch nicht Bestandteile von kritischer Infrastruktur. Irgendwo müssen die Teile für die Bahnen und die Stromleitungen ja herkommen, oder?"

Kaal blieb stehen. „Ja, aber es steht Ferra ja frei, sich anders zu organisieren. Es ist eine bewusste Entscheidung, die Gesellschaftsform zu wählen, die ihr habt."

Nina zog die Augenbrauen hoch. „Ist das so? Oder ist es auf Kosten von eurer Selbstverwirklichung?"

„Das ergibt keinen Sinn. Niemand schreibt dir vor, diesen unmenschlichen Schichtdienst in einer Fabrik abzuliefern. Du könntest genauso..."

„Was? Skulpturen für den Vorgarten von reichen Leuten entwerfen? Was für einen Sinn hätte das? Neevs Kunst wird überall auf der Welt heiß gehandelt, eure Musik ist ein Verkaufsschlager, aber was ist mit dem Fundament, auf dem diese ganzen Freizeitbeschäftigungen stattfinden können?"

„Ich befürchte, ich kann dir nicht folgen…", Kaal verengte die Augen.

„Schau mal, du kommst bestimmt von einer dieser reichen Familien aus der Ostebene, stimmt es?"

„Wie…", er klappte seinen Mund auf.

„Man merkt es an deinem Habitus. Deswegen konnte Neev dich nicht leiden, stimmt's?"

„Das…"

„Niemand von euch musste jemals in einem prekären Arbeitsverhältnis stehen, ihr hattet immer die volle Kranken- und Rentenversorgung, konntet Urlaub machen und musstet nicht für Arbeitnehmerrechte demonstrieren. Ist dieser Lifestyle nicht auf Kosten von den anderen möglich, die sich in Schichtdiensten abrackern, um die Welt mit allem Nötigen zu versorgen? Da sind dann halt auch keine Bands drin."

Eine Zeit lang standen sie sich gegenüber und schauten sich an. Nina spürte eine leichte Sommerbrise auf ihrem Gesicht.

„Du bist eine aufmerksame Beobachterin", sagte Kaal schließlich. „Heißt das…", er schluckte und seine Augen hüpften hin und her, „…dass ich ein unerträglicher Snob für dich bin?"

Nina nahm seine Hand und führte ihn zu einem umgefallenen Baum, der quer über den Gleisen lag. Sie setzten sich darauf.

„Sorry, ich werde manchmal von meiner eigenen Unzufriedenheit mitgerissen. So sollte das nicht gemeint sein", sie fuhr sich durch das Gesicht. „Wir sind wahrscheinlich alle in Logiken gefangen, denen schwer zu entkommen ist. Ich habe auf jeden Fall in Mela gesehen, dass es eine sehr komplexe Gesellschaft mit vielen verschiedenen Facetten ist. Danke, dass du mir diesen Einblick ermöglich hast. Wirklich."

„In Ferra bist du in den Gewerkschaftsaktivitäten involviert…", sagte Kaal sanft und zog an einem Faden an seiner Hose.

„Ja, aber die meiste Zeit kommt es mir wie die größte Zeitverschwendung vor", schnaubte Nina und verschränkte die Arme vor sich. „Was bringt es? Wir haben sowieso keine Verhandlungsposition. Kaum bringen wir das Thema Lohnerhöhung oder Kürzung von Stunden ins Gespräch, braucht unser Konzern nur mit dem Wort ‚Werksschließung' zu winken und dann knicken alle ein. Manchmal werfen sie uns ein paar Brotkrümel hin und das wars." Sie schaute finster durch den schönen grünen Wald. „Manchmal würde ich den ganzen Laden gerne anzünden", fügte sie mehr zu sich selbst hinzu.

„Was?"

„Sorry, es gibt da so einige unterdrückte Emotionen, die durchbrechen."

„Es stimmt, ich würde nicht eine Woche in eurem Betrieb durchstehen", überlegte Kaal. „Ich kann mir keine Vorstellung davon machen, wie deine Realität aussieht. In Mela ist im Winter einfach die halbe Belegschaft wegen Winterdepressionen krank gemeldet und alle zwei Wochen verkündet jemand, dass bald alles zusammenbricht", er lächelte und kratzte sich am Hinterkopf. „Willst du trotzdem noch einmal nach Mela kommen?", er nahm ihre

Hand und strich mit dem Daumen über ihren Handrücken.

Nina zog ihn zu sich rüber und sie küssten sich, vorsichtig und erkundend. Nina schloss die Augen und rauschte wie durch eine Falltür in einen Schacht mit weichem Moos. Ihre Hand wanderte zu seinem Nacken, um ihn noch näher zu bringen und mit sich mitzureißen. Kaals Haaransatz fühlte sich stoppelig und warm an, ihre Hand fuhr durch seine Haare und sie zog an ihnen, oder hielt sich auch fest. Sie fielen tiefer, verließen den Schacht. Die Wärme zwischen ihnen kam in Bewegung und ihre Oberkörper trafen aufeinander wie schmelzender Stein. Als sie fast das Gleichgewicht auf dem Baumstamm zur verlieren drohten, riss Nina die Augen wieder auf und fing an zu lachen. Kaal schaute sie atemlos an.

„Sollen wir zurück?", fragte er schließlich.

Nina nickte und sie traten den Rückweg an.

Den Rest des Tages verbrachten sie im lockeren und unaufgeregten Miteinander und als Kaal sie fragte, ob Nina die Nacht bei ihm verbringen wollte, willigte sie ein, äußerte aber den Wunsch, es langsam angehen zu lassen. In der Vergangenheit schien es ihr, dass sie in Anbahnungen von Beziehungen zu schnell in eine Rolle gerutscht war, in der sie gefallen und gemocht werden wollte und deswegen schnell nervös wurde. Und so hatte sie auch noch nie wie jetzt neben jemanden geschlafen, während sie sich nur umarmten und sie Kaals Atem an ihrem Nacken spürte.

Ein paar Mal wachte Nina davon auf, dass Kaal sich neben ihr bewegte, doch sie schlief immer schnell wieder ein und genoss seine warme Haut neben ihrer. Morgens ließen sie sich viel Zeit, um aus dem Bett zu kommen und rangelten miteinander oder zählten Leberflecke und Sommersprossen und Nina versuchte sich zu erinnern, woher einzelne kleinere Narben auf ihren Händen herkamen. Es hatte meistens irgendwas mit einem schweren Gerät auf der Arbeit zu tun gehabt.

Auf ihren Streifzügen entlang Kaals Haut konnte sie erfühlen, dass auch er kleinere und größere Narben auf dem Oberkörper hatte, doch er wich ihren Fragen danach aus und verkroch sich unter der Bettdecke.

„Morgen früh musst du wieder zurück", sagte Kaal schließlich.

„Hmm, und du musst zur Arbeit. Wenn ich nach Hause komme, werde ich noch etwas vorschlafen, um dann am Dienstag meine Schicht anzutreten", Nina fuhr die Sehne an seinem Unterarm nach. „Willst du das nächste Mal nach Ferra kommen?", fragte sie und schaute zu ihm auf.

„Auf jeden Fall."

Sie küssten sich sanft bis Ninas Magen rumpelte und sie beschlossen, aufzustehen und etwas zu essen.

Danach schlenderten sie in aller Ruhe durch die Stadt und Nina schaute sich rechts und links die Häuser, die Vorgärten und die Zwischenräume an. Bei einem sichtlich verlassenen Einfamilienhaus mit einer zugewachsenen halbhohen Mauer drum herum blieb Nina stehen, stützte ihre Arme auf den bröckelnden Stein und betrachtete es in allen Einzelheiten.

Das Haus war anders als die anderen. Waren die meisten Wohngebäude in Mela drei- bis vierstöckig mit Flachdach und insgesamt funktionalem Aufbau aus Beton, so hatte dieses ein hohes Spitzdach, eine Holzfassade und

Fenster mit Fensterläden. Nina hatte sowas bisher nur in Kinderbüchern gesehen. Die Mauer, die Gartenfläche und Teile der Fassade waren sehr dicht mit Efeu überwuchert, die Tür hing schief in den Angeln und eine Fensterscheibe war zerbrochen.

„Hat hier mal eine Hexe gewohnt?", fragte Nina und schüttelte den Kopf. Von dem ganzen Gebilde gingen merkwürdige Vibes aus.

„Das Haus ist mir noch nie aufgefallen", Kaal hob die Augenbrauen und betrachtete es verwundert. „Also kann ich dir nichts dazu sagen. Du kannst Marc von der Wohnraumvermittlung fragen, er kennt jede Ecke in Mela."

Sie liefen weiter und landeten im Park, wo sie sich auf eine Bank setzten und die Nachmittagssonne genossen.

„Was machen diese Leute da?", fragte Nina und zeigte auf eine Gruppe von Menschen, die in einem Kreis aufgestellt waren.

„Sport", erwiderte Kaal, als ob das alles erklären würde.

„Sie gehen an ihrem freien Tag in den Park, um Kniebeugen zu machen?", Nina zog eine Augenbraue hoch.

„Das ist gut für die psychische Gesundheit. Außerdem – wenn man einen Schreibtischjob hat, dann braucht man einen Ausgleich. In Mela gibt es Dutzende von Sportgruppen. Misha geht sogar Boxen, Petr ist ein ausgezeichneter Tänzer."

Nina nickte wenig überzeugt. „Natürlich, wenn man von seiner Arbeit so wenig ausgelastet ist…"

„Hattest du noch nie das Bedürfnis, joggen zu gehen, um den Kopf frei zu bekommen?"

Nina lachte. „Ich mache andere Sachen", sie zog ein Knie heran und stützte ihren Kopf darauf ab.

„Schau mal, da ist Marc", sagte Kaal nach einer Weile und zeigte auf eine große Gruppe von Kindern und Erwachsenen.

„Sind das alles seine Kinder?", Nina riss den Mund auf.

„Nein", lachte Kaal. „Er hat zwei Schwestern und die haben etliche Kinder. Er ist einer der wenigen, die ich kenne, der in Mela geboren ist und der seine ganze Familie – Geschwister, Eltern, Nichten und Neffen – hier hat. Sie sind eine lustige Bande. Da an der Seite stehen Juri, Petr und Misha. Ich kenne sie alle nicht so gut, außer Marc natürlich. Aber Misha ist schon eine schillernde Gestalt."

„Sie kommt aus Jaku?"

„Ja, aber sie hat auch eine abenteuerliche Geschichte hinter sich."

„Ich glaube du hast auch eine abenteuerliche Geschichte", Nina warf Kaal einen Seitenblick zu.

„Ich?", fragte er, verschluckte sich und begann zu husten. Dann lachte er und wischte sich die Tränen aus den Augen.

„Du bist gut", zwinkerte Nina ihm zu, „aber es ist nur eine Frage der Zeit, bis ich dahinterkomme."

Kaals Gesichtsausdruck wurde ernst und er biss sich auf die Unterlippe, wich Ninas Blick aus.

„Es ist nicht die Geschichte, die du hören willst", sagte er schließlich.

Bevor Nina fragen konnte, was das bedeutete, stand plötzlich Misha vor ihnen.

„Nina, dich habe ich gesucht", verkündete sie und ein breites Lächeln erschien auf ihrem Gesicht.

Nina dachte, dass Misha sehr jung sein musste, vielleicht war sie noch nicht einmal zwanzig. In dem Alter hatte Nina noch keinen Plan von der Welt gehabt.

„Du bist letztens so schnell verschwunden, dabei wollte ich dich noch so viel fragen", redete Misha weiter.

Nina beschloss, den Spieß umzudrehen.

„Was ist mit diesem Hexenhaus, Misha? Weißt du was darüber?", schoss es Nina durch den Kopf. Misha sah so aus, als würde sie sich mit allem Übernatürlichem gut auskennen.

„Oh", Mishas Augen weiteten sich und sie rieb sich die Hände. „Woher weißt du davon?", sie verengte ihre Augen und fixierte Nina. „Es wurde vor der Besiedlung Melas tatsächlich von einer Frau bewohnt, die… die Beschützerin, Wächterin dieser Stadt war. Wir wissen leider sehr wenig darüber. Ich habe mit Juri versucht, mehr herauszufinden, aber es ist nicht so einfach. Wir haben sehr wenige Informationen über die pre-Mela-Zeit. Wieso fragst du?"

„Beschützerin, was heißt das?", bohrte Nina weiter nach. „War sie ein Geist, eine Art Dämon?"

Kaal entschuldigte sich kurz, um einen Anruf entgegenzunehmen.

„Ich glaube nicht. Eher ein Mensch mit ungewöhnlichen Fähigkeiten, vielleicht auch eine Art Heilerin?."

„Und in dem Haus hat seitdem niemand gelebt?"

Nina schüttelte den Kopf. „Willst du da einziehen?"

Jetzt war es an der Reihe von Nina herzhaft zu lachen. „Sorry, der war gut. Nein, ich finde aber, da sollte wieder jemand wohnen, oder? Ich hab das so im Gefühl. Erzählt mir mehr darüber, was ihr rausgefunden habt…", Nina stand auf und lief mit Misha ein paar Runden, um sich

Geschichten aus der Mythologie Melas und später auch aus Jaku anzuhören.

Nach Sonnenuntergang holten Kaal und Nina sich die Sachen aus Ninas Zimmer ab und verbrachten einen gemütlichen Abend bei ihm. Am nächsten Morgen hatte Nina darauf bestanden, Kaal nur kurz zu wecken, sich von ihm zu verabschieden und allein zum Bahnhof zu fahren, denn es war erst fünf Uhr und Kaal hatte es verdient, noch ein paar Stunden Schlaf abzubekommen. Als sie schließlich in ihrem Zug auf dem Weg nach Ferra saß, war ihr Kopf, ihr Brustkorb, ihre Adern und ihre Knochen voll mit Eindrücken, Ideen und neuen Menschen, es war wundervoll.

8

„Hast du die Abstimmungsergebnisse der Arbeiter-schaft?", fragte Nina, als sie neben Frank Platz nahm.

Die jährlichen Verhandlungen um den Lohn und die Arbeitszeit standen an und Nina nickte kurz den fünf anderen Vertretern zu, die zu den GewerkschaftsvertreterInnen gehörten.

„Na klar, alles hier", er zeigte auf die Unterlagen vor sich und dann kamen auch schon die Leute vom Metall-verarbeitungskonzern. Sie waren zu dritt, zwei Männer und eine Frau, hatten stoische Gesichter und formelle Kleidung. Sie setzten sich an das andere Ende des ovalen Tisches und begannen, in ihren Aktentaschen zu kramen.

Nina hatte noch nie so leblose und uninspirierte Menschen gesehen. Sie musste sich daran erinnern, dass sie genauso wie sie aus Fleisch und Blut waren und keine Avatare, keine Bots oder KIs. Schon ihre monotone Sprech-weise löste bei Nina Ausschlag aus, aber am Schlimmsten war ihre undurchdringliche Maske, die keine Emotion und keinen Rückschluss auf das Geschehen hinter der Schädeldecke zuließ. Vielleicht war es auch nur die Rollenverteilung, die Gewerkschafter waren die Engagierten und Leidenschaftlichen, die Arbeitgeber die Kühlen und Distanzierten. Vielleicht waren die Leute am anderen Ende des Tisches sonst ganz anders. Vielleicht.

„Ich darf die Sitzung eröffnen", verkündete einer, den Nina als Walter kannte, „und bedanke mich recht herzlich für das zahlreiche Erscheinen", er räusperte sich und blätterte in seinen Unterlagen.

„Wie ihr in der Tagesordnung gesehen habt", übernahm Albert, sein Sitznachbar, das Wort, „geht es erstmal um die Diskussion der neuesten Entwicklungen."

Dieser Punkt stand immer auf dem Programm, dennoch runzelte Nina die Stirn und schaute zu Frank rüber. Sein Blick war, wie von ihren KollegInnen, ganz auf die Firmenleitung gerichtet.

„Wir bedauern euch mitteilen zu müssen, dass der gesamte Konzern vor ein paar Tagen an Maana verkauft wurde", ließ Sabine die Bombe platzen.

Es war erstmal ganz still im Raum und Nina hielt die Luft an. Tausend Gedanken rasten durch ihren Kopf. Konnte das wahr sein? War es ein Scherz? War es schon beschlossene Sache? Unabwendbar? Ninas Blick sprang von Sabine zu Frank, nach draußen und dann auf die weißen Wände um sie herum.

„Das kann nicht sein", sagte ihre Kollegin Julia schließlich.

„Wir haben ein paar Monate hart verhandelt, aber das letzte Angebot konnten wir nicht ausschlagen", führte Walter aus. „Unser Werk hat in den letzten Jahren immer weniger abgeworfen, es wurde immer schwieriger es profitabel zu halten und jetzt wurde die Reißleine gezogen. Ansonsten hätten wir schließen müssen."

„Das ist Bullshit", Nina schüttelte den Kopf, „es gab noch genug Gewinne, aber nicht genug, um der ganzen verdammten Leitung ein Luxusleben zu finanzieren. Und nun müssen die ArbeiterInnen dafür büßen", sie sprang auf. „Tausende von Leuten haben sich die letzten Jahrzehnte für euch abgerackert, alles gegeben, es gab kaum Lohnerhöhungen oder andere Zugeständnisse und jetzt…"

„Das ist ein guter Stichpunkt", unterbrach Albert sie. „Es wird für alle eine Abfindung geben, ist das nicht toll?", er strich sich selbstzufrieden über seinen Bauch.

„Schwachsinn", fuhr Nina fort. „Das nehme ich euch nicht ab. Ihr werdet die Leute bis aufs Letzte ausquetschen, da bin ich mir sicher. Was wird überhaupt aus der Region? Aus den Anlagen? Soll das jetzt einfach verrotten? Die Karawane zieht weiter? Es gibt sowas wie gesellschaftliche Verantwortung, was ist damit?"

„Dafür gibt es ein Strategiepapier, in einer Übergangszeit wird…", setzte Sabine an.

„Ach komm, das ist doch nicht euer Ernst?", fuhr Nina fort.

„Wir fänden es wichtig, wenn wir nun alle zusammen…", Walter ergriff das Wort und richtete sich an die ganze Runde, „…besprechen können, wie wir die nächsten Monate abwickeln. Es stehen noch Aufträge an, die abgeschlossen werden müssen und dann…"

Nina konnte nicht anders, sie stürmte aus dem Besprechungsraum, eilte die Stufen nach unten und rannte. Rannte durch Ferra. Tränen liefen über ihr Gesicht. Das konnte alles nicht wahr sein. Das war das Schlimmste, was sie je erlebt hatte und es war erst der Anfang. Bald würde alles zugrunde gehen. Bald gab es kein Ferra mehr.

Nina brauchte ein paar Stunden um sich halbwegs zu fangen. Ihr Telefon klingelte unablässig und dutzende von Nachrichten überfluteten ihr Postfach. Sie sprach mit Birte und Karla und lief die meisten Zeit in ihrem Atelier auf und ab, um endlich in ihren Kopf zu bekommen, was passiert war. Eigentlich hätte sie vorschlafen müssen, da am nächsten Tag ihre Schicht begann, aber daran war nicht zu denken. Sollte sie überhaupt gehen? Noch war sie

Angestellte wie alle anderen und auf das Geld angewiesen, also musste es wohl sein. Obwohl sie es sich noch gar nicht vorstellen konnte.

„Wann wird die Übergabe sein?", erkundigte sie sich bei Frank am Abend, auch wenn sie nicht mehr sprechen wollte.

„In vier Wochen, zum Ende des nächsten Monats."

„Shit", Nina setzte sich auf die Treppe und stützte den Kopf in ihre Hand. „Und dann sind wir alle arbeitslos?"

„Das ist die Frage, oder? Wird Maana die Werke weiterbetreiben, sie umfunktionieren oder sie auseinandernehmen und bei sich wieder neu aufbauen?", sagte Frank.

„Was haben sie dazu gesagt?", Nina presste den Computer fester an ihr Ohr.

„Sie haben sich bedeckt gehalten. Vielleicht wissen sie selbst nicht, wie es weitergeht? Es wurde nur immer wieder betont, dass der Betrieb, so wie er jetzt ist, der Vergangenheit angehört."

„Das ist nicht gut. Wer weiß, was da noch kommt", Nina schloss die Augen.

9

Am nächsten Tag fühlten sich ihre Füße wie Blei an, als sie sie hinter sich herzog und ihren Dienst antrat. Noch nie war sie so wenig motiviert gewesen, Kabel und Platinen zu verlöten, noch nie zog sich jede Stunde davon unendlich in die Länge. In ihrem Kopf ratterten währenddessen immer wieder dieselben Gedanken. Wie würde die Umstrukturierung ablaufen? Was würde aus ihr und den anderen werden? Wo würde sie in vier Wochen leben und arbeiten? Auf keine dieser Fragen gab es bislang eine Antwort.

Nina beobachtete die Belegschaft und fand, dass alle sehr unruhig waren. Natürlich waren die Nachrichten schon zu allen durchgedrungen und die Leute steckten jetzt viel häufiger ihre Köpfe zusammen als sonst.

„Weißt du, was die neuesten Gerüchte sind?", zischte Birte ihr zu, als sie ihre Pause gemeinsam antraten und aus der Halle in einen Durchgang schritten, der mit Paletten vollgestellt war.

„Hmm?"

„Sie wollen die Anlagen abbauen und abtransportieren lassen", fuhr Birte fort und biss in ihr Brot.

„Das ist doch Wahnsinn", schnaubte Nina. „Und viel zu teuer."

„Naja, Maana will die Produktion vor allem für den eigenen Kontinent aufbauen, da bringt es ihnen nichts, wenn die Fabriken tausende von Kilometern weit weg sind", erklärte Birte und schaute nach rechts und links.

Frank kam angeschlendert und gesellte sich zu ihnen.

„Haben sie überhaupt das Personal?", Nina zog eine Augenbraue nach oben. „Anlagen sind ja schön und gut, aber ohne Fachkräfte..."

„Wir sind nicht unersetzlich", Frank zuckte mit den Schultern und kickte mit dem Fuß eine Schraube hin und her.

„Das weiß ich", stimmte Nina ihm zu, stemmte die Hände in die Hüften und starrte in die weit entfernten Arbeitshallen. „Es macht mich maßlos wütend, dass sie uns als Gewerkschaft aufmarschieren lassen mit einem fertig ausgearbeiteten Konzept für die Verhandlungen, um uns dann den Verkauf zu präsentieren. Was für eine Demütigung. Denen ist auch jedes Mittel recht für die Profitmaximierung. Und dann weiß auch niemand, wie es weitergeht. Naja, es ist ja auch eigentlich egal", sie ließ die Schultern sinken.

„Du sagst es. Was werdet ihr machen?", fragte Birte.

„Ich werde in den Vorruhestand gehen", Frank kratzte sich an seinem grauen Bart. „Auch wenn ich mit Abstrichen rechnen muss. Aber wenn es wirklich diese Abfindung gibt, dann wäre das natürlich praktisch."

„Ich werde mir wohl einen neuen Job suchen müssen, und das heißt, dass wir umziehen müssen...", sinnierte Birte. „Du kannst ja nach Mela gehen", sie sah Nina bedeutungsvoll an.

Nina lachte auf. „Die Stadt ist ganz nett, aber ich passe da nicht rein. Außerdem, was ist mit meinen Eltern? Was ist mit Karla? Meinem Atelier? Und das hier alles wird abgerissen", ihr Blick glitt nach oben, auf die unvorstellbar hohe Decke. „Oder dem Verfall überlassen, auch nicht besser...", sie senkte den Blick wieder und vergrub ihr Gesicht unter ihrer Hand. Immer wieder verknotete sich ihr Innerstes bei diesen Gedanken aufs Neue.

„Habt ihr schon gehört?", Julia kam angejoggt und blieb atemlos vor ihnen stehen. „Es ist wohl so, dass Maana die Arbeitsverträge von der kompletten Belegschaft gekauft hat und sie alle umgesiedelt werden sollen, nach Jaku."

„Was soll der Sinn davon sein?", fragte Nina.

„Sie brauchen Fachkräfte", Julia zuckte mit den Schultern.

„Da ist doch was faul", Nina verschränkte die Arme vor sich. „Die locken unsere ganze Stadt in ihr bescheuertes System, um uns auszubeuten."

„Das nennt man Arbeitsmigration", sagte Birte.

„Ich hab genug", rief Nina. „Hey Leute", sie benutzte ihre Hände als Lautsprecher und rief in alle Richtungen. Kommt mal her, ja, alle herkommen, ihr da hinten auch", sie winkte mit beiden Armen und aus allen Ecken und Hallen kamen ArbeiterInnen geströmt.

„Maana will Ferra kaufen?", verkündete sie, als sich mehrere Dutzend Leute um sie herum versammelt hatten. „Das müssen wir verhindern. Sie können zwar unser Werk übernehmen, aber nicht uns, was sagt ihr dazu?"

Es wurde geklatscht und Nina sah viele wütende und zustimmende Gesichter.

„Dann können sie mal sehen, was sie mit dem ganzen Metallschrott anfangen", Nina drehte sich um sich, um alle Leute ansprechen zu können. „Sie können Tonnen von Stahl in den Öfen schmelzen, aber dann? Ohne uns sind sie hilflos. Wir sollten endlich für uns aufstehen und uns nicht wie Spielbälle behandeln lassen. Ich schlage vor, dass wir ab sofort in den Streik treten und keiner von uns der Übersiedlung zustimmt. Wenn wir geschlossen stehen, dann wird Maana es sehr schnell bereuen, sich mit uns angelegt zu haben und unsere Konzernleitung sollte sich in Grund und Boden schämen, was sie da, ohne uns auch mit einem Wort einzubeziehen, für einen Deal ausgehandelt haben."

Es wurde applaudiert und gejohlt. Sofort wurde Nina in tausend Gespräche verwickelt. Alle redeten durcheinander und Nina versuchte möglichst alle Fragen zu beantworten.

„Nein, es gab keine weiteren Verhandlungen…"

„Ich weiß auch nicht wie hoch die Prämie für die Umsiedlung ist, aber ich würde mich nicht ködern lassen…"

„Alternativen? Es gibt keine Alternativen, aber was ist mit unserer Heimat hier, wo wir seit mehreren Generationen leben…"

So ging das noch einige Zeit, bis Frank schließlich verkündete, dass alle nach Hause gehen sollten. Julia übernahm die Aufgabe, ein Statement zu verfassen und den Streik offiziell anzukündigen. Das Zurückfahren nach Ferra war dann gar nicht so einfach, weil sie erst zwölf Stunden von ihrer 48-Stunden-Schicht absolviert hatten, aber es gab ein paar Güterzüge, in die sie sich aufteilten.

Auf der Zugfahrt verfasste Nina ihre Forderungen und aktivierte Leute, um Infostände und Streikposten einzurichten. Zwischendurch fragte sie sich, ob das alles blinder, sinnloser Aktionismus war und welchen Ausgang die Sache nehmen konnte, aber sie schob die Gedanken weg. Sie würden nicht kampflos aufgeben und einfach in diese konservativ und autoritär geprägte Region ziehen, das war würdelos.

Irgendwann, nach etlichen Stunden Arbeit, war Nina am Ende und fiel erschöpft in ihr Bett. Sie dachte, sie würde sofort einschlafen, aber stattdessen wälzte sie sich von einer Seite auf die andere. Ihr Leben, nein, ihre ganze Welt schien Kopf zu stehen und sie wusste nicht, wo sie anfangen sollte, es wieder in Ordnung zu bringen. Es schien keine Lösung zu geben, alle Versuche, die Situation zu retten, waren zum Scheitern verurteilt.

Als sie am späten Abend wieder aufgewacht war, weil sie irgendwann nachmittags schlafen gegangen war, war sie wie so oft mit einer zementschweren Katatonie konfrontiert und zerrte ihre Glieder vom Bad zur Küche und hoch auf das Dach.

Es gab noch etliche Nachrichten von Kaal, die sie noch nicht beantwortet hatte. Mela schien wie in einer anderen Galaxie zu existieren, so weit weg war ihr Aufenthalt mittlerweile. Eigentlich hätte Kaal am nächsten Wochenende kommen sollen, doch das konnte Nina sich so gar nicht mehr vorstellen.

„Es tut mir leid", schrieb sie ihm, „aber momentan geht hier alles drunter und drüber. Ich weiß noch nicht einmal wie die nächsten zwölf Stunden aussehen werden. Wir sind gerade mitten im Ausstand. Vielleicht wird es neue Verhandlungen geben, vielleicht kommen neue Entscheidungen von Maana oder unserer Konzernleitung. Ich halte dich auf dem Laufenden. In den Nachrichten war ja nicht viel, oder? Die Auflösung unserer Stadt ist nur eine Fußnote in der Geschichte, nicht viel mehr. Grüß die anderen von mir und bis bald."

Es war mittlerweile stockdunkel geworden und Nina stieg die Leiter wieder runter und ging zurück in ihr Haus. In der Ecke lag immer noch der Schild, welchen sie in Mela gefertigt hatte. Sie presste ihn fest an sich, als sie über die glatte Oberfläche des Baumstamms strich. War seine Zeit doch schneller abgelaufen, als sie gedacht hatte? War sie bereit, die Arbeit, die sie seit Jahrzehnten hier reingesteckt hatte, aufzugeben, in Luft auflösen zu lassen?

Gedankenverloren nahm Nina den Schild, stieg die Treppe zu ihrem Schlafzimmer hoch und legte sich ins Bett. Dort las sie noch in der Dunkelheit und versuchte neue Nachrichten zum Verkauf von Ferra auszugraben, aber es kam nicht viel hervor.

Sie musste kurz eingenickt sein, als sie mit einem Mal aufschreckte und sich im Bett aufrichtete. Da war ein Geräusch. Nina schaute reflexhaft auf ihren Computer. Außer ein paar Benachrichtigungen gab es nichts Neues. Es war drei Uhr in der Nacht. Da, jetzt hörte sie Schritte. Sie hielt die Luft an, schnappte sich den Computer in die eine Hand und den Schild, der neben ihrem Bett lag in die andere. Lautlos verließ sie das Bett und stellte sich hinter die Schlafzimmertür. In dem schwachen Licht, das durch das Fenster schien, konnte sie erkennen, dass sie nur ein T-Shirt und Unterwäsche trug, das war beunruhigend, aber sie konnte jetzt keine Hose suchen, wenn jeden Moment jemand durch die Tür stürmen konnte.

Waren es Einbrecher? Nina sah unter dem Türschlitz ein flackerndes Licht, vielleicht Taschenlampen? Ihr Herz hämmerte ihr bis zum Hals und sie versuchte einen vernünftigen Gedanken zu fassen. Sollte sie sofort die Polizei rufen, aus dem Fenster entkommen oder sich unter dem Bett verstecken? Eine bessere Waffe suchen? Den Überraschungsmoment nutzen und nach vorne stürmen?

Und dann wurde ihre Fensterscheibe eingeschlagen und eine Person stürzte in den Raum, feuerte auf das leere

Bett. Nina unterdrückte ein Schreien und hielt den Schild vor sich, presste sich gegen die Wand, als könnte sie mit dem Beton verschmelzen und sich so retten. Im nächsten Moment wurde die Tür aufgerissen. Nina schmiss sich mit ihrem Körper dagegen, rammte die Person dahinter, die „Was?" rief. Der Typ mit der Waffe zielte auf sie, doch in dem Durcheinander wollte er wahrscheinlich nicht den anderen treffen.

Blitzschnell stieß sie die Tür wieder auf, kickte den Angreifer hinter der Tür, der am Boden lag ins Gesicht, sprang über ihn und schlug dem nächsten, der hinter ihm gestanden hatte, den Schild gegen den Kopf, er schrie auf und hielt sich das Gesicht. Nina nutzte den Überraschungsmoment und lief auch an ihm vorbei, raste in die große Halle. Ein Streifschuss erwischte sie am Oberarm und sie krampfte sich vor Schmerz zusammen.

„Lass sie nicht entkommen", rief jemand in Weltsprache und Nina wusste, dass das nicht Leute aus Ferra sein konnte. Hoffte sie jedenfalls.

Als sie in der Halle war, sprintete sie zu ihrem Baum, mehrere Schüsse gingen rechts und links an ihr vorbei. Zum Glück war es immer noch sehr dunkel, nur vereinzelt flackerten Taschenlampen auf. Nina war noch nie mit Schusswaffen konfrontiert gewesen und sah ihr Leben hier und jetzt dem Ende zugehen, es gab eigentlich keine andere Option. Völlig kopflos riss sie die Klappe des Baums auf und drückte auf mehrere Knöpfe, gab blind einen Code ein und hielt erneut die Luft an. Niemand wusste so genau, was jetzt passieren würde, das hier war jetzt neu.

Ein paar Momente später gab es eine Explosion und Nina atmete erleichtert auf. Es funktionierte. Voller

Ehrfurcht schaute Nina nach oben und sah den Baum für den Bruchteil einer Sekunde in seiner ganzen Pracht erglühen. Ihr Werk der letzten Jahre. Und dann hielt sie den Schild vor sich, sprang zur Seite, denn die Metallummantelung des Baumes barst auseinander, platzte und flog in alle Richtungen. Gleich würde der Baum abheben und alles mit sich reißen. Nina stolperte zur Tür und fiel nach draußen, kroch auf allen Vieren weg von ihrem explodierenden Atelier.

Ein paar Meter weiter weg blieb sie liegen und richtete den Kopf auf. Ein Feuerwerk mit blauen, roten und violetten Farben ergoss sich aus dem in sich kollabierenden Baum und erleuchtete die ganze Stadt. Metallteile und Steine flogen ihr um die Ohren, sodass Nina sich noch weiter entfernen musste. Immer wieder schepperte es um sie herum und Nina starrte dumpf auf die Überreste ihres Zuhauses. Von den Angreifern gab es keine Spur mehr, aber Nina wollte es nicht riskieren und zog sich an einer Laterne hoch. Sie musste hier weg.

Ihre Ohren dröhnten und ihr Kopf drehte sich, es war schwer, einen sinnvollen Gedanken zu fassen. Zu ihren Eltern konnte sie nicht. Karlas Zuhause war am besten zu erreichen, auch wenn es Nina jetzt schon leid tat, ihrer Schwester einen solchen Schrecken einzujagen.

Einzig mit ihrem Schild bewaffnet und immer noch in T-Shirt und Unterwäsche schleppte sie sich mit vager Orientierung zur Wohnung ihrer Schwester. Im Hintergrund krachte und zischte es noch, als würde sie ein Schlachtfeld verlassen. Schon ertönten Sirenen von einer Feuerwehr und Nina beschleunigte ihren Schritt, bis sie vor dem Wohnhaus ihrer Schwester stand. Sie musste mehrmals klingeln, bis diese ihr öffnete.

„Nina, was ist passiert?", rief sie und hielt sich die Hand vor den Mund.

Nina lief an ihr vorbei ins Wohnzimmer und ließ sich auf den Boden fallen. Dann fing sie an zu weinen. Karla schaltete das Licht an und beugte sich zu ihr runter.

„Du blutest…", Karla berührte sie am Arm und Nina zuckte zusammen. „Was…"

„Sie haben mich angegriffen", schluchzte Nina, „irgendjemand von Maana oder unserem eigenen Konzern, keine Ahnung. Haben sich in mein Haus geschlichen, mindestens drei Leute…", sie schüttelte den Kopf.

„Und dann?", Karla setzte sich neben sie.

„Ich hab…", Nina schaute auf und holte mehrmals Luft, „ich hab in einem Anfall von Größenwahn einen Selbstzerstörungsmechanismus in den Baum installiert und diesen dann aktiviert."

„Du hast was?", rief Karla.

Nina zuckte mit den Schultern.

„Was für ein Selbstzerstörungsmechanismus?", Karla zog die Augenbrauen zusammen.

„Der das ganze Gebäude in die Luft jagt. Mit einem schönen Feuerwerk oben drauf, weißt du, aus den obersten Zweigen…"

„Warum?", rief Karla schrill.

„Sie waren hinter mir her…"

„Nein, ich meine, warum hast du das jemals da eingebaut?"

Nina suchte nach Worten. „Nichts ist für die Ewigkeit… ich wollte den richtigen Zeitpunkt erwischen, um… ich wollte selbst bestimmen, was damit passiert, mit meinem Werk…, früher oder später musste es soweit kommen… es durfte nicht einfach verrotten…"

„Du bist wahnsinnig", Karla schüttelte den Kopf und sah mit einem Mal kreidebleich aus. „Hat es dich am Kopf erwischt? Komm, wir gehen erstmal ins Bad, da bekommst du ein paar Pflaster."

Im Badezimmer entledigte Nina sich ihrer wenigen Kleidung und Karla versorgte ihre Kratzer und Abschürfungen mit Wunddesinfektion. An dem Streifschuss legte sie einen Verband an, während Nina sich vor Schmerzen krümmte. Danach zog sie sich frische Kleidung an.

„Kannst du Frank und die anderen anschreiben", sagte sie schließlich, nachdem sie sich etwas gesammelt hatte. „Sie warnen? Vielleicht sind sie auch hinter ihnen her. Ich hab meinen Computer in dem Chaos verloren."

„Was ist überhaupt mit diesem hässlichen Schild, mit dem du hier aufmarschiert bist?", Karla verzog das Gesicht und räumte die benutzen Tupfer und Verpackungen weg.

„Das hat mich vielleicht gerettet", verteidigte sich Nina.

„Ach wirklich?", Karla hob eine Augenbraue. „Leg dich mal ins Bett. Ich hole dir ein Glas Wasser."

Nina trottete ins Schlafzimmer und ein paar Minuten später kam Karla hinterher und kroch mit ihr unter die Bettdecke, die noch etwas warm war. Draußen sah Nina, dass die ersten Vorboten der Morgendämmerung heranschlichen.

„Glaubst du wirklich, dass Leute auf dich geschossen haben?", fragte Karla und legte ihren Kopf an Ninas.

„Ich habe es gesehen."

„Vielleicht war es ein Alptraum.. Weißt du noch, wie du früher immer so viel schlafgewandelt bist? Da dachtest du auch, du wärst in einer anderen Welt."

„Das war etwas ganz anderes", Nina schüttelte den Kopf. „Du glaubst mir nicht, oder?", sie richtete ihren Oberkörper auf.

„Ich weiß nicht… Ferra ist so ein ruhiger Ort. Es gibt kaum Kriminalität, da kommt es mir schon etwas komisch vor…"

Nina schloss ihre Augen und presste die Lippen aufeinander. „Gib mir mal den Computer, ich will wissen, ob es Frank gut geht", sie streckte die Hand aus.

Karla drehte sich um und nahm das Gerät vom Nachttisch. Klappte es auf und tippte herum. Ihr Gesicht verfinsterte sich.

„In meiner Freundesgruppe schreiben sie, dass es heute Nacht einige Angriffe gegeben hat…", sagte sie tonlos.

Nina riss ihr den Computer aus den Händen und las die Meldungen. Schießereien, Einbrüche, Angriffe von Unbekannten. Mehrere Leute sollten tot sein, alles noch nicht von offizieller Seite bestätigt. Mit zitternden Händen suchte sie den Kontakt von Frank heraus und wählte seine Nummer. Er ging nicht dran. Sie rief Julia an. Ebenfalls kein Durchkommen.

„Ich glaube…", sie legte den Computer weg und schluckte, „…sie sind tot."

„Sag doch sowas nicht", Karla machte eine wegwischende Handbewegung.

„Pass auf", Nina griff nach Karlas Unterarm und hielt ihn fest. „Du musst mir versprechen niemanden zu erzählen, dass ich hier war. Sie sollen glauben, dass ich bei der Explosion drauf gegangen bin. Sonst suchen sie mich und du bist dann auch in Gefahr."

„Nina…", Karla verdrehte die Augen.

„Nein, du musst es mir versprechen", Nina drückte Karlas Arm fester.

„Was soll ich unseren Eltern sagen?", rief diese entrüstet.

„Du hast mich nicht gesehen", Nina blickte nachdrücklich in ihre Augen.

„Nina, das ist Verfolgungswahn pur."

„Versprich es."

„Okay", Karla atmete tief aus und schaute unglücklich aus der Wäsche.

Sie legten sich beide wieder hin und Nina umarmte Karla, schloss die Augen und spürte, wie ihr Körper schmerzte. Das eine waren die Schürfwunden und der Streifschuss, das andere die vielen Stellen, auf die sie ungebremst gefallen war bei der ganzen Aktion, da gab es bestimmt ein paar Prellungen. Ihre Ohren dröhnten immer noch und vor ihrem inneren Auge spielten sich die Angriffe und die Flucht im letzten Moment immer und immer wieder ab. Die Todesangst schien wie in jeder Zelle eingraviert zu sein. Nina atmete ein paar Mal tief ein und aus und auch wenn sie es nicht für möglich gehalten hätte, sie schlief schließlich ein.

10

Ein paar Stunden später quälte Nina sich unter Ächzen und Stöhnen aus dem Bett und fand Karla am kleinen Esstisch in der Küche sitzen. Nina füllte ihr Wasserglas auf und trank es in einem Zug leer. Der Blick von Karla verriet schon alles. Es gab keine guten Nachrichten.

„Soeben wurde der Tod von fünf GewerkschaftsvertreterInnen bestätigt. Eine weitere Person wird noch vermisst", las Karla mit tonloser Stimme vor. „Die Vorfälle geben den Behörden Rätsel auf. Alle wurden nachts in ihren Häusern überfallen und erschossen", Karla schluckte und ihre Stimme zitterte. „Dabei ist das Atelier von Nina Fein in Flammen aufgegangen und komplett abgebrannt. Dort wurden drei Leichen gefunden, die bis zur Unkenntlichkeit verkohlt sind. Die grausamen Vorfälle werden aktuell noch untersucht. Währenddessen hat Maana allen Beschäftigten von Ferra ein Ultimatum gesetzt: Entweder sie stimmen der Umsiedlung nach Jaku in ein neues Werk zu und kassieren dafür eine üppige Prämie oder es gib ein Gerichtsverfahren wegen unrechtmäßigem Arbeitskampf."

Karla legte das Gerät auf den Esstisch und verbarg ihr Gesicht in den Händen, fing an zu schluchzen. Nina wollte sie in den Arm nehmen und ihr sagen, dass alles gut wurde, aber sie fühlte sich selbst komplett leblos und unfähig, sich zu bewegen. Sie saßen eine Weile so zusammen.

Schließlich nahm Nina das Gerät und versuchte selbst nachzulesen, was das alles zu bedeuten hatte. Aber es gab außer diesen Statements nicht viel mehr Informationen, außer den üblichen Vermutungen und Halbwissen. Es brauchte aber nicht viel Phantasie, um sich die Zusammenhänge zusammenzureimen, fand Nina.

Ihre Mitstreiter, ihre Stadt, ihr Zuhause waren in einer Nacht ausgelöscht. Nina schüttelte den Kopf und dachte an Frank, der über zehn Jahre ihr Freund gewesen war. Das war zu viel. Sie wollte Birte anrufen, aber sie hatte Angst, dass irgendjemand immer noch hinter ihr her war und sie sich damit verraten würde. Stattdessen lief sie zurück ins Schlafzimmer und wählte Kaals Nummer.

„Hallo?", meldete er sich sofort.

„Hier ist Nina", sie räusperte sich.

„Nina?"

„Ja, ich rufe von meiner Schwester aus an. Hab meinen Computer verloren."

„Ich hab die Nachrichten gelesen, die Bilder gesehen...", rief er aufgeregt.

„Ich weiß...", Ninas Stimme brach weg und sie schien allen inneren Zusammenhalt zu verlieren. Sie kniff ihre Augen zusammen und versuchte Worte und Sätze in ihrem Kopf zu formulieren. Es funktionierte nicht.

„Bist du verletzt? Ich habe gesehen, dass dein Baum abgebrannt ist, ich dachte schon, du wärst...", seine Stimme verebbte im Nirgendwo.

„Sie haben mich nicht erwischt, zum Glück", schniefte Nina. „Aber die anderen. Vielleicht bin ich daran schuld, wenn ich nicht den Streik angezettelt hätte, dann wäre das nie passiert. Und was soll ich jetzt machen? Vor mir ist ein riesiger Scherbenhaufen. Wie kann ich das wieder gut machen?"

„Warst du schon bei der Polizei?"

Nina schnaubte. „Die sind bei unserem Konzern angestellt. Weißt du nicht mehr, wie die Weltordnung außerhalb von Mela funktioniert?"

„Oh", es entstand eine Pause. „Willst du dann nicht nach Mela kommen?"

„Nein", sagte sie vehement und richtete sich auf. „Das hier ist noch nicht zu Ende."

„Hör mal, du hast nur deine Pflicht getan. Du hättest nicht wissen können, dass Maana zu so drastischen Maßnahmen greift. Und jetzt ist es vorbei. Der Kampf ist zu Ende."

„Es fühlt sich nicht richtig an, jetzt zu verschwinden", Nina schüttelte den Kopf.

„Ich könnte vorbeikommen, dich unterstützen, was brauchst du?"

„Sorry, aber nein. Das ist zu gefährlich und ich muss mir erst einen Überblick verschaffen. Ich weiß nicht, wo mir der Kopf steht, es ist so viel."

„Ich bin mal wieder nutzlos", murmelte Kaal mehr zu sich selbst. „Wie kann ich dich überhaupt erreichen?"

„Ich weiß es nicht. Ich versuche mich zwischendurch zu melden. Aber komm auf keinen Fall hierher. Ich muss jetzt los."

Sie verabschiedeten sich und Nina fiel erschöpft ins Bett. Sie würde Frank und die anderen nie mehr wiedersehen. Sie würde nie mehr die Fabrik betreten. Sie würde nie mehr 48-Stunden-Schichten schieben. Sie hatte kein Atelier mehr. Ihr ganzes Werkzeug, ihre Skulpturen. Alles weg. Es war, als würde sie in einen bodenlosen Schacht fallen. Sie rollte sich zusammen und schlang die Arme um die Knie. Alle ihre Entscheidungen der letzten vierundzwanzig Stunden schienen drastisch und zerstörerisch gewesen zu sein, hatte sie Tod und Verderben über Ferra gebracht?

Irgendwann kam Karla und setzte sich neben sie. Sie sah fahl und leblos aus.

„Ich werde das Angebot annehmen und nach Jaku gehen", sagte sie mit monotonen Tonfall. „So wie die meisten anderen. Wir haben keine andere Wahl. Hier gibt es keine Zukunft für mich."

Nina richtete sich auf und nahm Karlas Hand, die ganz kalt war. „Das ist doch Wahnsinn. Das sind dieselben Leute die Frank und die anderen auf dem Gewissen haben, die mich angegriffen haben. Für die willst du arbeiten?"

„Das weißt du nicht. Und dein Haus hast du selbst in die Luft gejagt", ihr Blick war hart. „Warum sollten die euch umbringen?"

„Weil wir unbequem waren, weil sie gegen Gewerkschaften sind, weil wir Unruhe in die Belegschaft bringen würden, hier und in Jaku", rief Nina, ihr fielen noch hundert weitere Gründe ein.

Karla legte den Kopf schief und schaute skeptisch. „Wieso euch nicht einfach kündigen, viel einfacher als Mord."

„Man kann uns nicht einfach feuern, verstehst du nicht? Alle Gewerkschaftsvertreter außer mir sind tot, welche Beweise brauchst du denn noch?"

„Es könnte ein Unfall gewesen sein", Karlas Unterlippe zitterte, sie wandte sich ab und begann Kleidung, die auf dem Boden lag, aufzuräumen.

„Willst du mich veräppeln?", Nina sprang auf und lief ihr hinterher. „Das ist Verrat", ihre Stimme durchschnitt eisern den Raum.

„Nur weil du…", rief Karla schrill und zeigte mit dem Zeigefinger auf Nina, „…noch nie in deinem Leben einen anderen Menschen gebraucht hast, heißt das nicht, dass es anderen auch so geht. Ich werde mit den anderen gehen, weil hier nichts und niemand mehr für mich da ist."

Nina spürte, wie die Wut in ihr hochstieg. Unsagbare Wut. Brodelnde Wut. Sie atmete schwer. Würde sie explodieren? Karla denkt nicht mit klarem Kopf, sagte sie sich. Karla meint es nicht so, sagte sie sich durch die Rauchschwaden ihres Zorns. Sie standen beide unter Schock, jetzt bloß nicht streiten, das würde nichts bringen.

„Ich… habe mich immer für die anderen eingesetzt, schon seit Jahren", presste Nina zwischen den Zähnen hervor.

„Ja, auf dem Papier. In Meetings. In Statements. Das rechne ich dir auch hoch an. Aber du warst nie…", Karla beförderte eine Hose in den Wäschekorb, „… nie als Freundin, als Weggefährtin, dabei, du hast immer dein eigenes Ding gemacht und warst glücklich damit."

Nina stemmte ihre Arme in die Hüften. Stimmte das? Sie wurde noch wütender, aber das musste bis später warten, erst musste sie Karla zur Vernunft bringen.

„Mit deiner Ausbildung kannst du überall auf der Welt arbeiten, dieses Fachwissen wird stark nachgefragt, das muss doch nicht auf diesem verfluchten Kontinent Jaku sein", versuchte Nina es erneut.

„Sie bieten jedem von uns eine Anstellung und eine gesicherte Wohnung, den Familien auch ein Haus, wo bekomme ich das sonst? Und dann bleiben wir KollegInnen wenigstens zusammen, ich und die anderen können dort neu anfangen."

„Überleg es dir nochmal. Du hast gesehen, was passiert ist, sie kämpfen mit harten Bandagen, jetzt locken sie euch mit Geld und Wohnraum, aber wenn du erstmal da bist..."

„Ich muss mich *jetzt* entscheiden. Und es ist ja keine Bindung auf Lebenszeit. Wenn es mir dort nicht gefällt, gehe ich wieder."

Nina schloss die Augen und schüttelte den Kopf.

11

Nina hielt es in Karlas Wohnung nicht mehr aus. Sie brauchte Abstand. Vielleicht war sie wirklich so asozial, wie Karla gesagt hatte? Da sie nichts mehr hatte, fischte sie aus der hintersten Ecke von Karlas Kleiderschrank einen alten Rucksack heraus, packte ein paar Kleidungsstücke, einige Lebensmittel und eine Wasserflasche ein, zog sich Karlas Schuhe und Jacke über und war dabei die Wohnung zu verlassen. Auf der Schwelle hielt sie kurz inne und ging noch einmal zurück, um den Schild zu holen. Es war nicht einfach, ihn mit sich herumzuschleppen, aber Nina konnte ihn auch nicht zurücklassen.

Auf der Straße sah sie, dass es früher Abend sein musste. Sie knöpfte ihre Jacke zu und marschierte stur in irgendeine Richtung. Jetzt war es egal, wohin sie ging, sie musste einfach weg. Also lief sie in die Dunkelheit hinein. Immer wieder hallten die Worte von Karla in ihrem Kopf wider und Nina hielt trotzige Gegenreden, rechtfertigte sich, beschimpfte Karla, wollte sie nie wieder sehen, zumindest im Eifer des Gefechts.

Die Wohnsiedlung hatte sie längst verlassen und kam in eine Gegend, in der nur noch einzelne Häuser verstreut standen, Straßen waren nur noch vage zu erkennen, dazwischen wucherten Bäume, Unkraut, zubetonierte Flächen ohne konkrete Funktion und abgeladene zerfallene Möbel und andere Überreste. Nachdem Nina die letzte Laterne passiert hatte, fragte sie sich, was eigentlich der Plan war. Es war mittlerweile stockdunkel und weit und breit gab es keine Lichtquelle mehr.

Über Wurzeln und Steine stolpernd lief sie in das angrenzende Wäldchen und marschierte so lange, bis sie nicht mehr weiterkam. Dann ließ sie sich an Ort und Stelle fallen und zog die Beine an sich heran. Hier würde sie bleiben, bis es wieder hell wurde.

Die nächsten Tage verbrachte Nina in einem verschwimmenden Zustand zwischen den Tagen und Nächten, zwischen Wachen und Schlafen, zwischen Wut und Trauer. Ziellos wanderte sie durch die wieder aufgeforstete Kulturlandschaft vor Ferra, auch wenn sie instinktiv wusste, dass sie – wie eine Schildkröte, die nach dem Schlüpfen zum Meer kroch – doch irgendwie das Fabrikgelände ansteuerte. Aber davon war jetzt noch nichts zu sehen. Stunde um Stunde, Tag um Tag schlug sie sich stattdessen durch Brombeersträucher und andere halbhohe Pflanzen und Bäume, die nach der Zerstörung durch den Tagebau hier angesiedelt worden waren und immer noch merkwürdig steril wirkten, weil ein über Jahrhunderte gewachsenes Ökosystem nun doch nicht einfach so durch Aufschütten von Erde und Anbringen von neuen Pflanzen ersetzt werden konnte.

Den Schild schleppte sie mit sich mit und benutzte ihn manchmal als Regenschutz, ansonsten war er ein unnötiger Ballast, aber auch das einzige, woran sie sich noch festhielt, um nicht den Bezug zur Welt zu verlieren.

Manchmal hörte sie noch in einiger Entfernung den Güterzug, doch irgendwann wurde auch das immer weniger und so umgab sie fast immer eine Grabesstille, denn der Gesang von Vögeln oder das Summen von Insekten war hier in dieser Pseudo-Natur sehr rar.

Mindestens fünf Mal am Tag hatte sie den Reflex, ihren Computer herauszuholen und die Lage zu checken, sich bei ihrer Familie oder Freunden zu melden oder

Nachrichten zu lesen, und dann war die Enttäuschung jedes Mal groß, als ihr bewusst wurde, dass sie eigentlich gar nichts mehr hatte.

Irgendwann wurde sogar die Wut auf Karla etwas weniger und an die Stelle trat eine Hoffnungslosigkeit und Verlorenheit, die Nina um einige Zentimeter schrumpfen ließ und zu schwer zu tragen war. Dann blieb sie stehen und war kurz davor zurück zu rennen, auch um sich ein letztes Mal von Frank, Julia und den anderen verabschieden zu können. Das alles war wie eine offene Wunde, die immer mehr aufriss, statt zu verheilen.

Nachts saß Nina in der Kälte und Stille und Dunkelheit und versuchte sich an ihre Komfort-Gedanken des Schmiedens zu erinnern, die ihr bisher immer Trost gespendet hatten. Aber dieser Teil ihres Lebens schien merkwürdig abgeschnitten von ihr, sie konnte sich beim besten Willen nicht mehr vorstellen, jemals wieder Metall zu formen, es war so weit weg von ihr wie Geige spielen.

Irgendwann, sie wusste nicht mehr, wie viel Zeit vergangen war und ihre körperlichen Kräfte neigten sich langsam dem Ende, sah sie am Horizont die Schornsteine und Aufbauten der Fabrik vor sich. Nina blieb stehen und beobachtete diese ferne Oase oder vielleicht auch Fata Morgana. Gesammelte Beeren, Früchte und Kräuter hatten nur so lange gereicht, sodass sie sich entsprechend ausgelaugt und entkräftet fühlte. Und es war noch ein längerer Marsch, aber jetzt hatte sie ihren Nordstern und konnte den Blick von der rostroten Silhouette nicht abwenden.

Es war schon später Abend, als sie endlich an dem Vorplatz ankam, an dem sie sich so oft versammelt hatten, wenn sie mit dem Zug hier ankamen oder mit ihrer

Schicht fertig waren. Nina setzte sich an den Rand des Platzes neben einen Haufen von Metallresten in den Schneidersitz und stützte ihren Kopf auf die Hand. Sie konnte praktisch hören, wie Frank ihr auf dem Weg zur Fabrik erzählte, welches Buch er vor kurzem gelesen hatte.

Er war zwar viel älter als sie gewesen, aber er hatte diese zeitlose Art an sich gehabt, eine Ernsthaftigkeit, verbunden mit einem trockenen Humor und ein Misstrauen gegenüber der Welt, den sie sonst bei anderen Menschen selten sah. Das passte auch zu seinem Gesicht und seiner Gestalt, die hager und knochig gewesen war, so als hatte er sich nie an der Welt satt essen können und hätte vor allem von Buchstaben gelebt. Frank hatte sich in seiner Freizeit viel mit dem Buchdruck beschäftigt, erstellte freiberuflich Druckdateien und kümmerte sich um das Layout für kleine Druckprojekte, seien es Romane, Zeitschriften oder Promotionen. Oft hatten sie sich über Zeilenabstände unterhalten und Frank hatte ihr immer wieder besonders schöne Drucksätze gezeigt, die üblicherweise von der Norm abwichen, das hatte ihm gefallen.

Nina lehnte sich zurück und schob ihren Rucksack unter ihren Kopf. So hatte sie die letzten Tage immer geschlafen. Ihr Blick blieb am Nachthimmel hängen, der heute klar und düster war. Nein, es stimmte nicht, was Karla gesagt hatte, sie hatte bedeutungsvolle Beziehungen zu ihren Mitmenschen gehabt, auch wenn diese in Karlas Augen nicht gleichwertig waren. Nina war immer noch wütend auf ihre Schwester, auch wenn die Wand aus Wut, die sie seit dem Streit vor sich hergeschoben hatte, langsam löchrig wurde und von Trauer und Erschöpfung durchdrungen wurde.

Sie schlief ein paar Stunden und wurde in den frühen Morgenstunden von einem lauten Geräusch, welches sie nicht zuordnen konnte, wach. Nachdem sie sich aufgerichtet hatte, schaute sie durch die Gegen und versuchte den Lärm zu lokalisieren. War es die Bahn? Oder eine Baumaschine? Ein weiterer Angriff? Und dann sah Nina nach oben: ein hochmoderner Flieger, wie sie ihn noch nie gesehen hatte, weil es hier keinen Flughafen gab und Flugverkehr generell sehr selten genutzt wurde, näherte sich und landete schließlich direkt auf dem Platz vor ihr.

Nina kam aus dem Staunen kaum heraus. Es musste ein Flieger für eine Person sein, er sah sehr kompakt und windschnittig aus, mit weißer Außenhülle und einem Düsenantrieb. Als der Motor langsam herunterfuhr, öffnete sich eine seitliche Klappe und eine Person stieg zwei Stufen nach unten und sprang schließlich auf den Betonboden. Es war eine Frau in einem engen grauen Anzug, der nach einem festen Funktionsstoff aussah. Ihr Blick durchstreifte den Horizont langsam und bedacht, während sie die Umgebung in sich aufnahm. Nina fielen ihre langen braunen Haare auf, die sie zu einer sportlichen Frisur nach hinten gebunden hatte.

Langsam stand Nina, die nur ein paar Meter entfernt saß, auf, und fühlte sich neben dem Neuankömmling wie die schäbigste und verwahrloseste Person überhaupt. Sie klopfte sich den Staub von der Jacke und Hose und räusperte sich. Doch die Pilotin schien ganz in ihre Beobachtung der Umgebung vertieft und schaute über das Werk, als wäre sie an den Ufern eines neuen Kontinents angekommen. Sie wirkte auch nicht überheblich, als würde sie Nina absichtlich ignorieren, sondern ernsthaft versunken in der neuen Landschaft. Nina fragte sich, wo sie herkam. Sie fragte sich so einiges.

„Das wird ein hartes Stück Arbeit", sagte die Frau schließlich in Weltsprache.

„Was?", fragte Nina und trat näher.

„Das hier alles auseinanderzunehmen", die Frau verzog ihr Gesicht. Dann drehte sie sich um und lief mit ihren langen Beinen zügig auf die Fabrik zu.

Nina runzelte die Stirn und kam ihr hinterher.

„Bist du von Maana?", rief sie ihr nach.

„Nein, ganz sicher nicht", lachte die Fremde und öffnete die Eingangstür mit einem Code, trat in die Hallen, in denen Nina bis vor kurzem noch gearbeitet hatte. „Ich komme von Neu!, dem Recycling-Riesen. Der Konzern gehört meinem Vater, deswegen habe ich diesen schicken Flieger, damit ich mir schon mal ein Bild von unserem neusten Projekt machen kann."

Sie hielt einen Scanner in der Hand und nahm damit Messungen von allen Maschinen und der Ausstattung vor, zwischendurch murmelte sie vor sich hin und tippte etwas ein.

„Ich verstehe nicht…", Ninas Kopf drehte sich, „das Gelände wurde an Maana verkauft, sie wollten es übernehmen, es nach Jaku überführen lassen."

„Schätzchen", die Frau blieb abrupt stehen, sodass Nina fast in sie reingelaufen wäre. „Bist du eine von den traurigen Seelen, die hier zurückgelassen wurden? Wie ist dein Name?", sie drehte sich zu ihr um und sie blickten sich das erste Mal direkt in die Augen.

Die Fremde war viel jünger als sie, vielleicht Anfang zwanzig, aber davon abgesehen waren sie sich nicht unähnlich. Sie wirkte anpackend und forsch, aber sie hatte auch etwas Fragiles in ihren Augen, als wäre in ihr vor Kurzem erst etwas zerbrochen, bei dem noch nicht Unkraut drüber gewachsen war, bei dem sich noch nicht eine dicke Schicht Rost gebildet hatte.

„Ich heiße Nina. Und ja, das hier ist… war meine alte Wirkungsstätte."

„Du wirkst wie ein Gespenst, das in diesen Maschinen haust", sie legte den Kopf schief und schaute Nina ausgiebig an. „Muss ich dich auch recyceln, wenn wir hier alles abreißen?"

„Nein…", Nina schüttelte den Kopf und senkte den Blick. „Ich muss mir wohl ein neues Spukschloss suchen."

Die Fremde lachte. „Das gefällt mir. Ich bin Mai."

Nina nickte. Sie schauten sich noch ein paar Momente an und dann lief Mai auch schon weiter, um wieder zu scannen.

„Ich hab von Neu! schon gehört", Nina trottete ihr hinterher wie ein herrenloser Hund. „Es ist das größte Recycling-Unternehmen auf der Welt, aber was genau macht ihr?"

„Wie du dir denken wirst verwerten wir alles, was nicht mehr gebraucht wird und noch irgendeinen Mehrwert besitzt, von Containerschiff bis Raumfahrtstation", referierte Mai, während sie ihren Scanner in alle Richtungen hielt. Sie liefen jetzt durch die Fertigungshalle, in der Nina gearbeitet hatte und Mai ließ das Licht des Scanners über alle Maschinen und Arbeitsplätze gleiten. „Wir sind wie die Totengräber-Käfer der Industrie", fuhr sie fort, „und kommen dorthin, wo das Leben aus den Anlagen gewichen ist und der Verfall beginnt. Jeden Tag sehe ich Leute vor den Trümmerhaufen ihrer Existenz stehen und nehme ihnen das Letzte, was sie noch hatten, um daraus Profit zu schlagen."

„Das hier ist kein wertloser Schrott", argumentierte Nina und zeigte auf die technisch soliden Arbeitsplätze um sie herum. „Hier wurde hochwertige Qualitätsarbeit geleistet, unsere Produkte wurden weltweit nachgefragt und ich habe seit über fünfzehn Jahren meine Fähigkeiten in der Metallverarbeitung geschult und..."

„Nina", unterbrach Mai sie und drehte sich zu ihr um. „Das glaube ich dir alles, aber so wenig wie man heute noch einen Sattelmacher braucht, braucht man diese total veraltete Fabrik."

„Nein", Nina schüttelte den Kopf. „Du verstehst bloß nichts von dem, was wir hier gemacht haben. Was für eine Ausbildung hast du überhaupt, dass du dir diese Meinung erlauben kannst?"

„Keine relevante, denn der Markt entscheidet, was hochwertig ist und was nicht", Mai zuckte mit den Schultern und lief weiter. „Wenn du mich fragst: Maana versucht sich ein neues Standbein aufbauen, dafür brauchen sie qualifiziertes Personal und das haben sie auch bekommen. Außer dir anscheinend, lockt dich nicht die fette Abfindung? Und der Rest, diese Fabrik hier, ist Restmüll für sie."

Nina schnaubte. Sie spürte, wie ihr Körper ganz warm wurde, Wut stieg in ihr hoch. Aber sie konnte trotzdem nicht darauf reagieren, es war sowieso schon alles gesagt, sie folgte Mai auf ihrem Weg durch das Werk.

Nachdem sie die Hochöfen, die Stahlverarbeitung und das Lager passiert hatten, kamen sie an dem Verladebahnhof an, den Nina bisher nur ein paar Mal gesehen hatte, weil er am anderen Ende der Industrieanlage angesiedelt war.

„Die Anbindung hier ist wirklich gut", kommentierte Mai während ihr Blick über die Gleise und Güterzüge glitt. „Dann können wir das Zeug besser abtransportieren und zu uns bringen. Wunderschön", sie klappte den Scanner wieder zusammen und nickte zufrieden. „Und was ist mit dir? Wohin kann man dich bringen?", sie drehte sich zu Nina.

Diese biss sich auf die Unterlippe. Wenn sie das wüsste. Sie war immer noch im Verarbeitungsmodus und wusste nicht wohin mit sich.

„Ist es wirklich so, dass die ganze Belegschaft jetzt nach Jaku umsiedelt?", fragte Nina. Sie hatte in den letzten Tagen und vielleicht Wochen keine Nachrichten mitbekommen.

„Also, falls du ein Update bauchst", setzte Mai an und schlug den Weg zurück ein, aber diesmal liefen sie nicht durch die Gebäude, sondern außenherum auf den Bahngleisen und Brachflächen. „Maana hat eine große Presseerklärung herausgegeben, nachdem sie sich als Retter der Industriekultur aus Ferra feiern und den Leuten eine neue Zukunft mit großzügigen Konditionen anbieten. Anscheinend haben wohl so gut wie alle der Umsiedlung zugestimmt", Mai zuckte skeptisch eine Schulter. „Der Transfer ist im vollen Gange. Ach ja", Mai blieb vor einem alten Betonrohr stehen, welches aus unerfindlichen Gründen dort herumlag, und tippte sich mit dem Zeigefinger auf die Lippen „sie haben noch erwähnt, dass ein paar Leute die Neuigkeiten nicht so gut vertragen haben und ein Haus in die Luft gesprengt haben. Wen könnten sie damit wohl meinen?"

„Wer würde das schon machen? Hört sich höchst unglaubwürdig an", meinte Nina lapidar.

„Es gibt Videoaufnahmen davon, mitsamt einem Feuerwerk, richtig verrückt", Mai verengte die Augen und stieg über das Rohr, um weiter zu laufen.

„Das hätte ich gerne gesehen… Und was ist mit den Leuten, die umgebracht wurden?"

„Es wurden keine Leute umgebracht", Mai schüttelte den Kopf.

„Ach ja", Nina presste die Lippen aufeinander. Natürlich nicht.

Sie kamen schließlich bei Mais Flieger an und blieben davor stehen.

„Warum machst du diesen Job?", fragte Nina und verschränkte die Arme vor sich.

„Ich sagte doch, mein Vater ist der Leiter…"

„Ja, aber es macht dich verbittert und distanziert, ist das wirklich dein Ding? Evaluierung von Müll? Du bist clever und gewitzt, deine Talente sind hier doch total verschwendet."

„Vielleicht sollte ich eine Talkshow moderieren oder sowas", Mai riss die Augen auf und grinste.

„Nein, aber…", Nina kratzte sich am Kinn, „… du solltest eine Residenz in einer verwunschenen Stadt einnehmen und die Leute dort mit deinen Ratschlägen so lange nerven, bis sie dich anfangen zu verehren und dich für ihre Repräsentantin erklären und dann lebten alle glücklich bis an ihr Lebensende."

„Du hast zu viele Märchen gelesen", lachte Mai und es klang das erste Mal genuin und leicht.

„Oh nein, Märchen sind gar nicht mein Ding. Aber überleg doch mal. Du bist noch jung. Bestimmt stehst du unter der Fuchtel deines Vaters und kannst seinem Einfluss kaum entkommen. Für deine eigene innere Zerrissenheit bleibt dabei kein Raum und keine Zeit. Du lebst die nächsten Jahrzehnte in diesem Zustand weiter, bis die Widersprüche sich so sehr zementiert haben und dich so weit von dir selbst entfremdet haben, dass nichts weiter zurückbleibt als eine verbitterte Hülle aus rostigem Stahl und schwergängigen Gelenken und das kann man dann noch nicht einmal mehr wiederverwerten, sondern wie eine leere Dose in der Landschaft liegen lassen bis die Erde es verschluckt."

Kurz flackerten Mais Augen auf und Nina hatte Angst, dass sie zu weit gegangen war.

„An deinen Metaphern musst du noch arbeiten", sagte sie dann aber bloß und drehte sich um, um die Klappe vom Flieger zu öffnen. „Letzte Möglichkeit, um jemanden zu kontaktieren. Braucht jemand ein Lebenszeichen von dir oder willst du dich dem nächsten Wolfsrudel hier anschließen?"

„Mach dir um mich keine Sorgen", winkte Nina ab und lief zu ihrem Rucksack, der immer noch an Ort und Stelle lag. „Du kannst aber meiner Schwester Karla ausrichten, dass ihre Schuhe nicht mehr viel taugen und meinem Freund Kaal, dass wir unser nächstes Treffen neu terminieren müssen", sie nannte Mai die Kontaktdaten.

„Alles klar Nina Wolfsmensch. Wir werden uns nicht mehr begegnen, den Rest der Arbeit erledigen andere", sie stieg in ihren Flieger. „Aber es war mir eine Freude."

„Wir werden schon sehen", Nina salutierte und Mai zog die Klappe zu.

Mit einem Riesenkrach setzte sich das Fluggerät in Bewegung und rauschte davon.

12

Die nächsten Tage verbrachte Nina damit, etwas Essbares und Wasser zu suchen und dafür auf dem verlassenen Gelände der Fabrik herumzustreunen. Sie war nicht sonderlich erfolgreich. Natürlich, sie hätte zu ihren Eltern nach Ferra gehen können, aber alles in ihr sträubte sich dagegen. Sie hoffte, dass Karla ihrer Mutter mitgeteilt hatte, dass Nina wohlauf war und bloß verwirrt umherirrte, also alles okay war.

Als es anfing zu regnen, suchte Nina sich unter einem Vordach neben ein paar ausrangierten Güterwaggons Schutz, ließ sich auf einer Holzpalette nieder und versank in dem grauen Himmel. Zum Glück war es für den Spätsommer noch ziemlich warm, sodass sie bloß ihre Arme um ihre Beine schlingen musste, um ihre Körperwärme zu konservieren.

Um sie herum bildeten sich Pfützen und das Altmetall bekam eine glänzende Oberfläche, alles schien zu fließen und die Schwere, die Nina seit dem Überfall begleitet hatte, mitzunehmen. Seit dem Besuch von Mai und der endgültigen Besiegelung des Schicksals der Fabrik fühlte Nina sich leichter und konnte in dem undurchsichtigen Spülwasser-Grau des Himmels die ersten Konturen von etwas Neuem erkennen, einem Weiter, als würde die Welt sich schälen und ihre alte Haut abwerfen. Diese lag jetzt hinter Nina. Die neue Form war aber noch nicht ganz ausgebildet, sie konfigurierte sich in einem Nebel, der sich noch keinen Namen gegeben hatte.

Nina schloss die Augen und stellte sich vor, wie sie durch diese Ursuppe fiel, wie sie alles verlor, was sie hatte, aber auch leicht und ungebunden war. Der Baum, den sie einmal gepflanzt und all die Jahre gepflegt und genährt hatte, er war über sie hinausgewachsen und hatte ihr einen Blick weit über ihren eigentlichen Horizont gewährt. Aber auch er konnte seiner Auflösung nicht entrinnen, diese war sozusagen intrinsisch in ihn eingebaut gewesen, auch wenn Nina immer dachte es würde noch Jahrzehnte dauern, bis sie auf den roten Knopf drücken würde.

Er fehlte ihr immer noch so als hätte sie ihren rechten Arm verloren und Nina krümmte sich bei dem Gedanken, wie viele Stunden sie verbracht hatte, um ihn wachsen zu lassen. Für nichts. Jedenfalls schien es ihr so.

„Nina?", hörte sie und öffnete die Augen.

Mit dem Kopf auf dem Boden liegend sah sie als erstes zwei Paar Schuhe vor ihr stehen. Die einen waren etwas größere schwarze schwere Schnürstiefel, die anderen ein paar Nummern kleinere dunkelblaue Stoffschuhe. Über den Schuhen waren auf der einen Seite ein grüner Arbeitsoverall und auf der anderen Seite eine enganliegende schwarze Hose. Und da drüber war auf der einen Seite der Kopf von Misha und neben ihr der Kopf von Neev.

Nina blinzelte ein paar Mal und brachte kein Wort hervor.

„Meinst du, sie kann uns hören?", fragte Neev. „Sie sieht ziemlich heruntergekommen aus."

„Wie lange war sie so unterwegs?", überlegte Misha und kratzte sich am Kinn. „Tage? Wochen?"

„Der Angriff war vor drei Wochen gewesen", Neev holte eine Wasserflasche aus ihrem Rucksack und ging vor Nina in die Hocke. „Möchtest du etwas trinken?"

„Drei Wochen schon", Misha gab einen Pfiff von sich. „Verdammt, hätten wir früher kommen sollen?"

„Wir haben es doch erst vorgestern erfahren", Neev schraubte den Deckel ab und hielt sie Nina hin.

Diese richtete sich mühsam auf, ihre Glieder fühlten sich schief und steif an. Sie nahm die Flasche und trank ein paar Schlucke. Räusperte sich und strich sich die Haare nach hinten.

„Was macht ihr denn hier?", fragte sie schließlich mit heiserer Stimme.

„Deine Freundin Mai hat Kaal darüber informiert, dass du hier gestrandet bist, also wollten wir mal nach dem Rechten sehen."

„Bei mir ist alles in Ordnung", grummelte Nina, richtete sich auf und klopfte sich den Staub von der Kleidung.

Jetzt standen sie sich alle gegenüber und schauten sich fragend an. Neev runzelte die Stirn und schien fieberhaft zu überlegen, Misha löcherte Nina mit einem durchdringenden Blick und Nina versuchte das Rauschen in ihren Ohren zu ignorieren, das ihr Auskunft darüber gab, dass sie zu schnell aufgestanden war. Aber das funktionierte nicht so gut. Sie fing an zu schwanken und Misha fing sie gerade noch rechtzeitig auf.

„Langsam", Misha legte sie wieder auf der Palette ab und winkelte Ninas Beine an.

„Das ist nur der Kreislauf, müsste gleich wieder gehen", murmelte Nina und legte sich den Arm über die Augen.

„Ihr hättet nicht kommen brauchen", sagte sie nach einer längeren Pause. „Ich bin bloß gerade in einer Orientierungsphase."

„Das Schwierigste war, eine Bahnverbindung hierher zu organisieren", erklärte Neev. „Nach Ferra geht es ja noch, aber hierher fährt kein Zug mehr, deswegen musste ich einige Hebel in Bewegung setzen, damit wir eine Sonderfahrt bekamen."

„Sorry", murmelte Nina.

Als sie sich stabiler fühlte, richtete sie sich wieder auf. Ohne ein Wort zu sagen, hakten sich Neev und Misha bei ihr ein und liefen zusammen zum Bahnsteig, bei dem eine einsame Lok auf sie wartete. Ihren Rucksack und den Schild ließ sie zurück, die Sachen passten besser zur Industrieruine.

Eine ältere Frau saß im Führerhaus und tippte desinteressiert auf ihrem Computer herum. Misha und Neev nickten ihr zu, nahmen mit Nina hinter ihr auf einem schmalen Bänkchen Platz und das Gefährt setzte sich in Bewegung. Nina sah durch das Fenster, wie die Industrieanlage aus ihrem Blickfeld verschwand.

13

„Wie geht es Kaal?", fragte sie, als sie nach einer Stunde in eine reguläre Bahn umgestiegen waren und sich in einem Abteil gegenüber saßen. Dieselbe Strecke war Nina bereits vor Monaten gefahren, damals noch unter anderen Vorzeichen. Damals war die Welt noch in Ordnung gewesen. Jetzt war alles, was Nina anschaute, im Verfall begriffen. Vielleicht gab es diesen Zug in einer Woche nicht mehr, vielleicht die Menschen um sie herum auch nicht, vielleicht waren sie alle im freien Fall und es war nur eine Frage der Zeit, bis der Aufschlag kam.

Misha schaute Neev an und sie tauschten wortlos ihre Gedanken aus.

„Ist er auf der Arbeit?", Nina war davon ausgegangen, dass er sich nicht einfach frei nehmen konnte, nicht, dass sie es erwartet hatte.

„Er ist gerade verhindert", Misha zuckte entschuldigend mit den Schultern.

„Wenn er nichts mehr mit mir zu tun haben will, kannst du es mir ruhig sagen", Nina verengte den Blick und fixierte Misha.

„Hör bloß auf", Neev verdrehte die Augen. „Er hat sich furchtbare Sorgen um dich gemacht. Überhaupt, die ganze Geschichte, die in Ferra passiert ist… unglaublich. Es tut mir leid, dass Maana deine Stadt so sehr ausgenommen hat."

„Bloß kein Mitleid", Ninas Nasenflügel bebten.

„Uh", Neev zog die Augenbrauen nach oben. „Natürlich nicht. Wir sind aus rein egoistischen Motiven hier. Stimmts Misha?"

„Natürlich", Misha lächelte breit. „Es ist so, Neev und ich, wir sind die beiden Teile von einem Hexenzirkel und wir brauchen ein drittes Mitglied, sonst funktioniert es nicht", sie hob entschuldigend die Hände.

Nina schaute in Mishas grüne und Neevs graue Augen und dann fing sie an zu lachen. Sie hielt sich die Hand vor den Mund und fiel nach hinten, hielt sich den Bauch. Die beiden anderen stimmten mit ein und sie kugelten sich zusammen über die Sitze. Und jedes Mal, wenn sie sich wieder in die Augen schauten, überkam sie eine neue Welle an Albernheit und Absurdität und es ging wieder von vorne los. Es dauerte etwas, bis sie keine Energie mehr hatten und in seliger Dreisamkeit erschöpft liegen blieben.

„Du kannst erstmal bei mir und Petr bleiben", hörte sie später Misha sagen und drehte ihren Kopf zu ihr. „Bei Neev ist nicht viel Platz mit den beiden Kids und Petr und ich sind erst in eine Zwei-Zimmer-Wohnung gezogen, also testest du unser neues Sofa."

Nina wollte fragen, was mit Kaal war, aber sie hatte das Gefühl, sie würde keine Antwort bekommen, also ließ sie es bleiben.

„Ich habe die merkwürdigsten Schlafenszeiten", warf sie stattdessen ein und fuhr einen Riss in dem grünen Stoff ihres Sitzes nach.

„Kenne ich von Petr, der ist auch immer die halbe Nacht unterwegs", bemerkte Misha.

„Kann ich nicht einfach in dem alten Industriegebiet…"

„Nein", unterbrach Misha sie. „Es ist nur für ein paar Tage, okay? Dann werden sich hoffentlich andere Optionen ergeben", sie schaute zu Neev rüber und diese nickte.

„Nina, wir müssen gleich aussteigen", flüsterte ihr Neev ins Ohr und Nina versuchte, die Augen zu öffnen. Es musste einiges an Zeit vergangen sein.

Ihr Kopf tat weh und ihre Glieder fühlten sich schwer an. Irgendetwas stimmte nicht.

„Mein Kopf…", stöhnte sie und richtete sich aus der halbliegenden Haltung auf.

„Ich glaube, du hast Fieber", Neev blickte sie besorgt an und hielt ihre Hand an Ninas Stirn. „Du bist sehr warm. Die letzten Wochen in der Wildnis haben dir wohl nicht so gut getan. Ich vermute, du bist sehr geschwächt und hast dir etwas eingefangen. Oder es ist diese Verletzung an der Schulter, die gekippt ist."

Wie im Nebel rappelte sie sich auf die Beine auf und stolperte aus dem Zug, wurde von den beiden zur Bahn gebracht und zu Misha gefahren. Nur vage registrierte sie, dass es schon später Abend sein musste. Endlich lag sie auf dem bequemsten Sofa, das sie sich vorstellen konnte, kuschelte sich in eine dünne Decke, rollte sich zu einer Kugel zusammen und versank im Schlaf.

In den nächsten Tagen, jedenfalls dachte Nina, dass es Tage gewesen sein mussten und nicht Wochen oder Monate, versuchte sie immer wieder, aufzustehen und ihr Leben in die Hand zu nehmen, aber jemand drückte sie runter, flößte ihr etwas ein und redete ihr beruhigend zu. Mal dachte sie es müsste Karla sein, dann wieder hörte sie Birtes Stimme. Einmal sprang sie auf, weil sie sich sicher war, zu spät zu ihrer Schicht zu kommen. Dann wieder wollte sie von einer Explosion wegrennen, aber es war wohl nur der Donner draußen und Nina hielt sich das schweißnasse T-Shirt. Jemand half ihr dann sich umzuziehen und sie versank wieder in einer Zwischenwelt.

Und dann, mit einem Mal öffnete sie die Augen und fühlte sich halbwegs normal. Zwar um gefühlt zehn Kilo leichter und noch wackelig auf den Beinen, aber dennoch von einer großen Last befreit. Ihre Gedanken waren endlich wieder klarer. Sie hob den Kopf und sah durch das Fenster des unbekannten Wohnzimmers, dass gerade erst die Morgendämmerung herankroch.

Sie setzte sich auf und wunderte sich über die etwas zu große Kleidung an sich, strich mit der Hand über die flauschige Decke, betrachtete die farbenfrohe und liebevolle Zimmergestaltung. Die Wände waren mit blauen und orangenen Strömungen versehen, ein einfaches Holzregal und ein kleiner Schreibtisch standen an den Seiten, an den Wänden hingen Bilder von tanzenden Menschen.

„Möchtest du einen Tee?", Petr erschien im Türrahmen zwischen Wohnzimmer und Küche und hielt eine Tasse in der Hand.

„Gerne", krächzte Nina.

Danach suchte sie eine Toilette, wusch sich das Gesicht und kämmte die Haare. Es war nicht viel, aber es war etwas. Auf Zehenspitzen schlich sie in die Küche und setzte sich an den Tisch. Petr stellte eine dampfende Tasse vor sie.

Sie hatten bei Ninas letztem Mela-Aufenthalt bisher nur ein paar Worte miteinander gewechselt und Nina wusste nicht genau, was sie zu Petr sagen sollte. Vor allem nicht zu so früher Stunde. Glücklicherweise räumte er zuerst die Spülmaschine aus, schälte danach Kartoffeln und stellte sie in einem Topf auf den Herd, wobei er diesen nicht einschaltete. Dann verschwand er irgendwo anders und kam dann mit Jacke und Schuhen bekleidet wieder in die Küche.

„Ich gehe auf die Arbeit. In ein paar Stunden müsste Misha aufstehen", flüsterte er.

„Alles klar", erwiderte Nina und lächelte.

„Ach so, Kaal hat noch diesen Brief für dich hinterlassen", Petr kam nochmal rein mit einem weißen Umschlag in der Hand. „Er konnte dir ja sonst keine Nachricht schreiben und musste sehr kurzfristig weg", er reichte Nina das Papier und verschwand.

Nina drehte den Brief, auf dem nur ihr Name stand, hin und her und beschloss, ihn später aufzumachen. Sie musste erstmal ihren Kopf sortieren, bevor sie sich mit der Welt anderer Leute befassen konnte.

Nachdem sie ihren Tee ausgetrunken und einen Joghurt gegessen hatte, duschte sie ausgiebig und zog sich neue Kleidung an, die sie auf einem Wäscheständer gefunden hatte. Dann suchte sie sich im Schuhschrank neue Schuhe aus, die etwas zu groß waren und zog diese an. Von anderen Leuten die Schuhe klauen war irgendwie eine neue Angewohnheit geworden. In die Jacke, die an der Garderobe gehangen hatte, steckte sie Kaals Brief und warf sich diese über.

Möglichst lautlos verließ sie die Wohnung und trat auf die Straße. Ohne Taschencomputer in einer Stadt unterwegs zu sein war irgendwie eine bescheuerte Idee. Sie wusste nicht, wo sie war, wann die nächste Bahn fuhr, noch nicht einmal welchen Wochentag sie hatten. Aber Nina hatte auch kein bestimmtes Ziel, keinen Plan, keine Idee. Sie spürte einen Hauch von Sonne durch den bewölkten Himmel, einen kühlen Wind auf ihrem Gesicht, die volle Ladung Sauerstoff in ihrer Nase.

Es war schon viel zu lange her, dass sie ihre Hände benutzt hatte, um etwas herzustellen. All die Gespräche, die Verhandlungen, die Debatten, der emotionale Ballast – es war jetzt Zeit, um zu schrauben, löten, schmelzen, biegen und brechen, zusammenzuführen und etwas Neues entstehen zu lassen. Danach würde sie entscheiden, wie es weiterging.

Nina lief los, vorbei an Menschen, die zur Arbeit und Schule eilten, die ihre Hunde ausführten, die Besorgungen erledigten oder einfach nur unterwegs waren. Vorbei an Bahnen, Fahrrädern und Kinderwägen. Vorbei an Balkonen mit Wäscheleinen, an Sperrmüllhaufen, an schiefen Straßenlaternen, an flatternden Plastiktüten.

Und dann, mit einem Mal, hielt sie inne und kniete sich auf den Boden. Sie war erschöpft. Aber ihr wurde auch bewusst, dass es in dieser Stadt kein Werkzeug, keine Fabrik, keine Werkstatt gab und sie hier nirgends ihrer Arbeit nachgehen konnte. Sie war wie ein Fisch auf dem Trockenen, sie konnte hier nicht existieren. Schwer atmend starrte Nina den bröckelnden Asphalt vor sich an, während die anderen Leute um sie herum ihren Aufgaben nachgingen. Nur sie hatte keine. Nicht hier.

Und dann kam ihr ein Gedanke. Wenn sie schon nicht in ihrer alten Fabrik arbeiten konnte, dann könnte sie wenigstens bei Neu! anheuern und helfen, das alte Gelände auseinanderzunehmen. Genau. Dieser Gedanke war auf einmal ein Hoffnungsschimmer. Es würde zwar schmerzhaft werden ihren alten Arbeitsplatz zu verschrotten, aber wenigstens konnte sie ihr Handwerkszeug zum Einsatz bringen.

Nina stand auf und hatte nun eine neue Klarheit in ihrem Kopf. Wenn sie sich schon selbst sabotierte und alles in die Luft gejagt hatte, dann könnte sie wenigstens die Scherben wieder aufsammeln. Sie musste nur auf einen anderen Kontinent reisen, sich bei Neu! bewerben und hoffen, dass sie sie nahmen. Das war immerhin ein Plan. Sie brauchte nur einen neuen Taschencomputer, um Zugang zu ihrem Account zu bekommen und die Ausgaben für die Zugreise leisten zu können. Den würde sie bestimmt bei Neev bekommen.

Nachdem sie ein paar Passanten gefragt hatte, wusste sie, wo die zentrale Anlaufstelle der Verwaltung lag und machte sich zu Fuß dorthin. Bei Neu! zu arbeiten wäre sicherlich einsam und deprimierend, aber etwas Besseres fiel ihr nicht ein und vielleicht würde Mai ein gutes Wort für sie einlegen. Wobei, in dem Zustand, in dem sie Nina gesehen hatte...

Als sie im fünften Stock des Verwaltungsgebäudes angekommen war, schlich sie vor dem Eingang zur Abteilung auf und ab und versteckte sich, als sie Marc erblickte, der dann aber in ein anderes Büro verschwand. Endlich kam Neev heraus und Nina lief in den Gang, um sie abzufangen.

„Nina?", rief diese erstaunt.

„Kann ich dich unter vier Augen sprechen?", Nina schaute nach rechts und links, als würde sie jemand verfolgen.

„Natürlich", Neev und sie gingen in einen der Räume und Neev schloss die Tür hinter sich. „Ist etwas passiert?"

„Nein, keine Angst, es geht mir zum Glück schon besser. Danke, dass ihr euch um mich gekümmert habt", Nina setzte sich auf den Besprechungstisch, weil sie sich etwas wackelig auf den Beinen fühlte.

„Kein Thema."

„Du bist doch für die Ausgabe der Taschencomputer zuständig. Ich brauche ganz dringend einen, am besten noch heute."

Neev riss die Augen auf. „So schnell geht das nicht. Wenn du dir Kleidung oder etwas zu essen kaufen willst, mach dir bitte keine Sorgen…"

„Ich muss mir so schnell wie möglich einen neuen Job suchen und dafür muss ich mit dem Zug fahren, weil es hier für mich nichts gibt, oder habt ihr irgendwo eine Fabrik für Metallverarbeitung versteckt?"

„Warte mal", Neev setzte sich in den Bürostuhl und hielt die Hand vor sich. „Wo um Himmels Willen willst du jetzt schon wieder hin?"

„Du verstehst das nicht", Nina sprang auf und lief auf dem engen Raum zwischen Schreibtisch und Regal hin und her. „Mir ist meine Lebensgrundlage abhanden gekommen und deswegen verliere ich so langsam den Verstand. In Ferra habe ich eine Mitarbeiterin von Neu! kennen gelernt…"

„Neu? Das liegt auf der anderen Seite der Welt!", rief Neev.

„Und?"

Neev hob die Hände und öffnete den Mund, aber es kam nichts heraus. Nina verschränkte die Arme und starrte sie fragend an.

„Komm doch erstmal hier an, dann kannst du immer noch…", versuchte es Neev noch einmal.

„Nein", Nina schüttelte den Kopf. „Was ist mit dem Taschencomputer?"

„Ich kann dir frühestens morgen oder übermorgen einen aushändigen, es geht wirklich nicht schneller. Du musst dich dafür als Bürgerin von Mela registrieren, das ist die Bedingung", seufzte Neev und klickte auf ihrem Computer herum, um ein Programm dafür aufzurufen. „Wir haben in Mela aber auch artverwandte Jobs, du könntest dir das wenigstens mal anschauen…"

„Sorry Neev, ich… es ist schwer zu erklären", Nina griff sich an die Nasenwurzel und kniff die Augen zusammen. Sie wusste ja selbst nicht, warum sie diesen plötzlichen Drang verspürte, die Flucht zu ergreifen. Vielleicht, weil sie für immer hier unglücklich werden würde, wenn sie jetzt blieb? Dass sie dann den Absprung nicht schaffen würde? Weil sie sich ihren Freunden verpflichtet fühlen würde und nicht wegen ihrer selbst bleiben würde? Jetzt oder nie?

Zusammen füllten sie die Formulare für die Registrierung aus und Neev erklärte ihr die Grundprinzipien von Mela, die Nina schon vage kannte.

„Ist es okay, wenn du bis zur Aushändigung des Computers bei Misha bleibst, oder soll ich dir eine Bleibe nur für dich besorgen?", fragte Neev, als Nina sich zum Gehen wandte.

„Nein, es ist okay", sagte sie, obwohl sie nicht beabsichtigte, zurück zu Misha zu gehen. Zu viele Fragen. Zu viele Gespräche. Zu viele Rechtfertigungen.

„Prima", Neev lächelte. „Also, dann sage ich Misha Bescheid, wann das Gerät zur Verfügung steht."

„Genau. Danke dir."

Sie verabschiedeten sich und Nina lief hektisch aus dem Büro in den Gang Richtung Treppenhaus. Als sie die Treppen runterstürzte, reagierte sie nicht schnell genug und prallte im dritten Stock mit Marc zusammen.

„Sorry", rief er und trat einen Schritt zur Seite. „Du bist Nina, nicht? Wir haben uns flüchtig gesehen. Es tut mir leid, was mit Ferra passiert ist. Was für eine furchtbare Tragödie", er schüttelte den Kopf.

Nina nickte und hielt sich am Treppengeländer fest, weil sie etwas außer Atem war.

„Warst du bei Neev?", fragte er.

„Ja, ich…", stammelte Nina und schaute nach rechts und links.

Marc legte den Kopf schief und betrachtete sie ausgiebig.

„Du siehst aus, als wäre jemand hinter dir her", er verengte die Augen. „Weißt du, Kaal müsste in den nächsten Tagen wieder zurück sein. Er wollte mir nicht sagen, warum er so schlagartig verschwunden war, aber willst du nicht wenigstens warten, bis er wieder da ist? Ich weiß, dass ihm viel an dir liegt", sagte er und seine Augen hatten in dem Dämmerlicht des Treppenhauses einen sanften Schein.

Nina wandte ihren Blick ab und schaute auf den Boden. Keiner sagte mehr etwas.

„Ich werde mich bei ihm melden", murmelte Nina schließlich und wandte sich zum Gehen.

„Warte", Marc stellte sich ihr in den Weg und drängte sie mit seiner Präsenz in die Ecke. „Du willst doch einfach spurlos verschwinden wie die anderen Leute, ich kenne diesen Blick, dieses Wegrennen", er kam immer näher und Nina spürte die kalte Betonwand hinter sich, „dieses ‚niemand versteht mein Leid, deswegen verlasse ich alle und bestrafe mich selbst durch mein Exil'. Darf ich raten, niemand von deinen Freunden, deiner Familie, weiß, wo du bist und wie es dir geht."

Nina atmete scharf ein, weil es so treffend war.

„Ich habe gesehen, wie mein Mann Juri verschwunden war und wir alle dachten, er wäre tot", fuhr Marc fort, „ich habe miterleben dürfen, wie Misha für fünf verdammte Jahre auf einem Containerschiff anheuerte, weil sie keinen anderen Ausweg mehr sah. Weißt du, was das aus den Leuten macht? Weißt du, wie sie da rauskommen? Und weißt du vor allem, wie es den anderen mit diesen Entscheidungen geht?"

Sie spürte jetzt seinem Atem an ihrem Gesicht und sah in seine aufgewühlten Augen.

„Nina", sagte er schließlich versöhnlicher, „mach dir nichts vor. Selbstgeißelung wird dir nicht helfen. Auch wenn du denkst, dass niemand verstehen kann wie es dir geht, niemand das Geschehen nachvollziehen kann, du keinen Ort auf dieser Welt hast und alles verloren ist. Sprich mit Leuten, teile dich mit, melde dich bei ihnen, auch wenn es konfliktreich ist. Es ist anstrengender als wegzulaufen, aber es lohnt sich."

Nina ließ bei diesen Worten die Schultern sinken und fiel etwas in sich zusammen.

„Sorry", er trat einen Schritt zurück und strich sich durch die Haare. „Ich... manchmal ist diese Stadt voller Leute, die aneinander vorbeilaufen und das triggert mich. Aber gut, dass wir zusammengestoßen sind", er lächelte und klopfte ihr auf die Schulter. „Alles Gute."

Und dann drehte er sich um und lief nach oben. Sie schaute ihm nach und machte sich schließlich auf den Weg nach unten.

14

Nachdem Nina in Melas Industriegebiet, in dem sie schon einmal Zuflucht gesucht hatte, angekommen war, setzte sie sich auf ein abgebrochenes Stück Beton und holte Kaals Brief hervor. Mittlerweile war es Nachmittag geworden und der Himmel hatte sich noch mehr zugezogen. Ein kühler Wind brachte ihre Haare durcheinander und Nina musste das Papier gut festhalten, damit es nicht davonflatterte.

Marcs Worte hatte Eindruck bei ihr hinterlassen und sie fragte sich tatsächlich, ob der Job bei Neu! das war, was sie wirklich wollte, oder ob sie nur einen Grund und ein Setting brauchte, um sich weiterhin verloren in der Welt zu fühlen.

Langsam faltete sie den Brief auseinander und nahm seinen Inhalt in sich auf.

„Nina, es tut mir leid, dass ich nicht vor Ort sein kann. Ich werde dir alles erklären, wenn ich wieder da bin, was hoffentlich in den nächsten Wochen sein wird. Glaub mir, ich wollte auf keinen Fall gerade in dieser Zeit wegfahren, aber mein gesundheitlicher Zustand hat mich dazu gezwungen meine Heimat aufzusuchen. Ich hoffe, dass du, wenn du diesen Brief liest, in Mela bist und gut aufgenommen wurdest. Ich weiß, du wolltest nie in unsere Stadt kommen und ich kann deine Gründe auch verstehen. Hier ist nichts so wie in Ferra und niemand kann deine Heimatstadt ersetzen. Trotzdem hoffe ich, dass du erstmal hier bleibst, mindestens so lange, bis wir uns sehen. Bis bald, Kaal."

Sie faltete den Brief wieder zusammen und wischte sich über das Gesicht. Verdammt, das klang nicht gut. Und

Marc hatte recht, sie wollte sich von all diesen Emotionen fernhalten, von potentiellen Verletzungen, Verabschiedungen, Vorwürfen, Enttäuschungen. Und so stapelten sie sich nur weiter auf, statt abgearbeitet zu werden. Sie musste dringend mit Karla, ihren Eltern, Birte und Kaal sprechen. Aber zunächst war es an der Zeit, etwas anzufertigen.

Nina stand auf und wanderte ziellos über den Bauschutt. Das ganze Gerede brachte sowieso nichts. Wie viele Stunden hatte sie in ihrer Gewerkschaftsfunktion verhandelt? Wie oft mit ihren Eltern sinnlose Gespräche geführt? Wie viele Male mit Karla über immer dasselbe Thema gesprochen, bis sie sich endgültig verstritten hatten?

Nina begann, in der Mitte der Baustelle einen Platz frei zu räumen, bis sie auf eine Betonplatte stieß, die einmal als Fundament für ein Gebäude gedient haben musste. Sie zog ihre Jacke aus und krempelte die Ärmel hoch. Sie hatte keinen Plan im Kopf, ihre Hände arbeiteten einfach mit ihren eigenen Absichten. Sie suchten abgebrochene Betonteile mit herausstehenden Stahlstreben und fingen an, diese zu verbinden, sie zu verschmelzen, sie aufzuschichten und hochzuziehen.

Wie schon damals geriet Nina in einen Flow, der sie Unmögliches erschaffen ließ. Wenn sie in ihrem Atelier gearbeitet hatten, kamen manchmal Dinge zu Stande, die sie sich später nicht so recht erklären konnte. Sie brauchte auch keine Erklärung, Welt war oft undurchschaubar, seltsam, verworren.

Und so baute sie ihr Konstrukt. Es würde nicht ihr Haus werden, auch keine Werkstatt und kein Atelier, es war überhaupt nicht für sie. Es wurde ein Turm mit einem

Zimmer ganz unten, dann noch zwei oben drüber, verbunden durch eine Treppe und dann, ganz oben, ein Gerüst aus Eisenteilen, die eine Kuppel ergaben, wenn dazwischen noch Glasscheiben eingefügt werden würden.

Immer wieder lief Nina die Treppen hoch und runter und holte aus der Umgebung noch mehr Baumaterial, schichtete es auf und versiegelte die Zwischenräume mit einem Material, das sich ergab, wenn sie ihre Hände lange genug gegeneinander rieb. Als sie einmal innehielt und ganz oben stand, sah sie die Stadt Mela und seufzte. Die Abenddämmerung senkte sich über die Häuser wie ein blauer Mantel.

Nina drehte sich wieder um und begann die vielen Ecken und Kanten auszubessern, noch mehr Stabilität in den Rohbau zu bringen, herausstehende Stahlstangen abzurunden und die Eisenkonstruktion im obersten Bereich glatt zu schleifen.

Zuletzt nahm sie sich mehrere der Streben und verknotete sie miteinander zu einem größeren länglichen Gebilde. Sie setzte sich in die Kuppel und fuhr immer wieder mit den Händen über den Metallstab, der Wellen und Wölbungen hatte. Formte ihn immer wieder neu und besserte raue Stellen aus, bis sie ihre Hände nicht mehr spüren konnte. Als sie fertig war legte sie ihn vor sich und betrachtete ihn im schwachen Mondlicht. Er hatte etwas von einem Hirtenstab, war aber schlangenmäßiger, gewundener. Zufrieden streckte Nina sich unter dem freien Himmel aus und starrte auf die unzählbaren Sterne über sich.

Sie war erschöpft und hatte nichts mehr zu geben. Es war das schönste Gefühl.

15

Der Nieselregen hatte ihre ganze Kleidung aufgeweicht. Nina richtete sich auf. Überall an ihr klebte eine dicke Schicht Schutt, ihr Mund schmeckte staubig und ihre Haare fielen ihr wie zusammengepappte Platten ins Gesicht. Sie hob ihre Hände und sah, dass sie voller Schrammen und Abschürfungen waren, insbesondere ihre Rechte und da der Zeigefinger und der Daumen. Die Nägel daran konnte sie fast nicht mehr erkennen und dreht das Körperteil vor sich hin und her, als ob sie es studieren wollte.

Sie musste wohl wieder zurück in die Normalität, bevor sie erneut krank wurde oder komplett den Geist aufgab. Also rappelte sie sich auf, warf nochmal einen Blick zurück. Dort lag der Hirtenstab. Er war für denjenigen bestimmt, der hier einziehen würde.

Sie stieg die Treppen ihres verrückten Gebäudes nach unten. Es war noch sehr roh und rau, brauchte auf jeden Fall noch einen Feinschliff, aber den würde Nina nicht jetzt erbringen, wenn überhaupt jemals. Beim Runtergehen fuhr sie mit dem Finger die vielen Kanten und Risse nach und als sie draußen angekommen war, schaute sie es sich von oben bis unten an.

Das war kein Haus, eher ein Turm, ein Refugium, ein Observatorium. Nina lief drum herum und stellte sich vor, dass jemand, der Abstand von der Welt brauchte, sich hier zurückziehen, hier den Verlust von etwas betrauern und allein sein könnte. Wer das war wusste sie noch nicht, aber es würde sich schon jemand finden.

Vor sich hin summend trat Nina den Rückweg in die bewohnte Welt zurück. Als sie an der nächsten Bahnhaltestelle ankam, war sie unschlüssig, wie sie weiter vorgehen sollte. Bevor sie es sich anders überlegte, beschloss sie zu Kaals Wohnung zu fahren. Wenn er da war, konnte sie mit ihm sprechen und wenn nicht, dann konnte sie duschen und sich wieder neue Kleidung klauen. Sie hatte ja noch seinen Code; wenn er ihn in der Zwischenzeit nicht geändert hatte, dann konnte sie sich bestimmt hereinlassen.

Auf dem Weg durch die Innenstadt füllte das Abteil sich und Nina spürte immer öfter die Blicke auf sich ruhen. Die Kinder schauten neugierig, die Jugendlichen lachten sie aus, die Eltern verengten fragend die Augen und die Älteren schüttelten den Kopf. Nina mochte die Aufmerksamkeit nicht, aber bald würde sie ja den Bauschutt, der an ihr klebte, loswerden.

Als sie am Markt und Rathaus vorbeifuhr, sah sie in der Ecke eines Haltestellenhäuschens die tragische Gestalt von demjenigen herumliegen, der letztes Mal ganz in der Nähe herumgepöbelt hatte. Nina versuchte sich an seinen Namen zu erinnern. Frederick. Er sah aus, als wäre er betrunken und würde seine Umgebung nicht mehr so ganz wahrnehmen. Mit leerem Blick starrte er vor sich hin. Und dann fuhr Ninas Bahn weiter.

Bei Kaals Haus angekommen ließ sie sich ins Haus ein und stieg die Treppen hoch, gab den Code ein und öffnete die Tür vorsichtig. Hielt kurz inne. Jemand spielte Klavier. Nein, Keyboard. Sie trat auf leisen Pfoten in den Flur und blieb im Türrahmen des Wohnzimmers stehen. Dort saß Kaal, ihr den Rücken zugewandt und spielte eine Melodie, die sich für Ninas musikungeübte Ohren düster, aber auch stahlblau und tropfend anhörte. Es war ein ungewöhnliches Stück, nicht mit den Liedern von seiner Band vergleichbar, nicht der populären und auch nicht der klassischen Musik zugehörig, sondern eigen und unerwartet.

Nina beobachtete wie sein Kopf von links nach rechts wippte, wie sich seine Schulterblätter unter dem T-Shirt bewegten, wie flink seine Hände die Tasten berührten. Immer wieder schwoll das Stück an und ebbte wieder ab, versank in leiseren Tönen und brodelte wieder auf. Und dann war der letzte Tastenschlag getan und Kaal hielt kurz inne, drehte sich auf seinem Stuhl und schaute sie an.

„Hey", sagte er sanft und lächelte sein unverwüstliches Lächeln.

„Hi", sagte Nina und konnte sich ein Grinsen nicht verkneifen.

Er stand auf und kam zu ihr rüber. „Wie siehst du aus", er schüttelte den Kopf und hob fragend die Hände.

„Ist eine lange Geschichte", murmelte Nina und schaute nach unten auf ihre Schuhe. Sie musste Petr oder Misha neue kaufen.

„Ich freu mich, dass du da bist", flüsterte er und legte seine Hände auf ihre Schultern. „Ich wusste nicht, dass du dafür aus einem Schutthaufen auferstehen musstest."

„Das wusste ich auch nicht", Nina hob die Augenbrauen. „Ich brauche eine Dusche."

„Können wir dich vorher noch im Hof ausklopfen oder so?", Kaal zog ein paar Betonsplitter aus ihren Haaren und schaute diese fragend an.

„Es muss auch so gehen", Nina lief zum Badezimmer und begann sich auszuziehen. Kaal brachte ihr frische Kleidung. Ein neues Set an T-Shirt, Hose und Socken, das sie herunterrocken konnte.

Das grau-braune Wasser verschwand im Abfluss, als sie endlich unter den warmen Strahl stand. Eine kleine Ewigkeit ließ sie das Wasser über ihren Kopf laufen, auch wenn es in den kleinen Wunden an ihren Händen brannte.

Als sie fertig war, tupfte sie sich vorsichtig mit dem Handtuch ab und schlüpfte in die neue Kleidung. Auf dem Waschbeckenrand fand sie ein paar Pflaster, die Kaal da hingelegt haben musste und klebte sie auf die besonders tiefen Schnitte.

In der Wohnung war es still geworden. Nina lief ins Schlafzimmer und sah, dass Kaal auf dem Bett lag und eingeschlafen war. Sie legte sich zu ihm und zog die Decke über sie beide. Umarmte ihn und vergrub ihre Nase in seinem Nacken. Nach einer Weile wurde ihre Atmung immer ruhiger und glich sich der von Kaal an. Sie schloss die Augen und schlief mit ihm ein.

„Oh verdammt", hörte sie irgendwann und spürte, wie Kaal sich neben ihr bewegte.

„Was ist los?", fragte sie mit vom Tiefschlaf durchtränkten Stimme.

„Ich brauche meine Medikamente", quetschte er zwischen den Zähnen hervor und Nina sah, dass er die Augen zugekniffen hatte und sich neben ihr krümmte. So hatte sie ihn noch nie gesehen.

„Was? Wo?", fragte sie und versuchte einen klaren Kopf zu bekommen.

„In meinem Rucksack, der müsste hier irgendwo sein."

Nina stand auf und begab sich auf die Suche. Es war schon später Abend und halbdunkel im Zimmer. Im Flur fand sie ihn. Er war ziemlich vollgestopft mit Kleidung, Badartikeln und anderem Zeug. Nina lief zurück zu Kaal und leerte ihn auf dem Boden einmal komplett aus.

„Hier ist nichts", sie durchstreifte mit ihrer Hand die einzelnen Abteile.

„In den Seitentaschen?", Kaal versuchte sich aufzurichten, doch es klappte nicht so gut.

Nina fand mehrere kleine Packungen und versuchte zu entziffern, worum es sich dabei handelte. „Welche genau brauchst du?"

„Einmal die Schmerztabletten und noch ein Antibiotikum. Ich hätte meine Dosis schon vor einer Stunde nehmen sollen, das habe ich nun davon."

Nina identifizierte die benötigten Tabletten, holte ein Glas Wasser aus der Küche und reichte ihm beides. Mit zitternder Hand nahm er die Sachen an sich, schluckte die Tabletten und ließ sich wieder ins Bett fallen. Drehte sich auf die andere Seite und zog die Knie an sich, rollte sich zusammen.

Nina fühlte seine Stirn. Sie war kühl und schweißnass. Seine Atmung ging schneller als sonst. Sie wusste nicht genau, was sie sonst tun konnte und blieb neben ihm liegen, legte ihre Hand auf seinen Oberarm und schaute durch das Fenster in die hereinbrechende Nacht.

Nach einer Weile drehte Kaal sich wieder zu ihr.

„Es geht jetzt besser", atmete er aus und fuhr sich durch die Haare. „Sorry für den Stress. Ich brauche noch ein paar Tage, um wieder voll auf dem Damm zu sein."

„Was ist passiert?", fragte sie und nahm seine Hand.

„Ich habe gehofft, dass ich dieses Gespräch noch etwas hinauszögern könnte", er presste die Lippen aufeinander und starrte an die Decke. „Mir geht es gut – wieder. Aktuell ist alles in Ordnung. Als ich auf die Welt gekommen war, hatte ich einen seltenen Defekt", er atmete erschöpft aus. „Es gibt immer noch keine richtige Diagnose, keinen Namen dafür. Die Kurzfassung davon lautet, dass ich ein neues Immunsystem brauchte und lange im

Krankenhaus lag. Dann hatte ich es bekommen, es war ein schwieriges Unterfangen, aber es klappte. Die Nebenwirkung davon ist nur, dass es manchmal, in unvorhergesehenen Intervallen, manchmal sind es sechs Monate, manchmal zwei Jahre, die inneren Organe angreift und Schäden entstehen lässt, die operativ behandelt werden müssen. Meistens an der Leber, aber auch Lunge, Milz, Galle. Dann muss ich in mein Heimatland reisen, um mich operieren zu lassen und während du weg warst und dein Haus in Flammen stand kam natürlich genau dann ein Schub", er legte seinen Arm über die Augen.

„Das tut mir leid", wisperte Nina und zog seinen Arm runter, um ihm in die Augen zu schauen. „Warum hast du nichts gesagt?"

„Ich wollte dich nicht beunruhigen", er lachte nervös. „Letztendlich ist es ein Routineeingriff. Die Wunden sind fast verheilt, es dauert nur noch ein paar Tage, bis ich wieder den Normalzustand erreicht habe."

„Wäre es nicht klüger in der Ostebene zu bleiben, da wo du die ganze medizinische Versorgung vor der Tür hast?"

„Oh nein", er schüttelte den Kopf. „Ich musste da weg. Da bin ich nur der Patient, es ist furchtbar. Natürlich bin ich dankbar für alles, aber ich musste irgendwo neu anfangen, irgendwo, wo die Leute mich nicht mitleidig anschauen und sich alle fünf Minuten nach meinem Befinden erkundigen. Ich weiß, meine Familie macht sich immer große Sorgen, aber es war irgendwann nicht mehr zum Aushalten. Gleichzeitig", er richtete seinen Oberkörper auf, „habe ich ein schlechtes Gewissen, dass andere hier an Krebs und Herzinfarkt sterben, während ich zu meiner Luxusbehandlung fahre, finanziert von meinen Eltern."

„Hmm, ich verstehe. Deswegen die ganze Geheimhaltung."

„Das muss zwischen uns bleiben", er ließ sich wieder ins Kissen fallen.

„In Ordnung", nickte Nina.

„Und was ist mit dir?", fragte er nach einer Weile.

Sie dachte an die Gespräche mit Neev, Marc und Misha. Das war anstrengend gewesen.

„Es ist einiges passiert, das meiste hast du schon mitbekommen. Misha und Neev haben mich erstmal hierher verfrachtet, aber… Ich werde morgen zu Neev gehen und eine Entscheidung treffen", verkündete sie.

„Zu Neev?"

„Ja, wegen des Taschencomputers und ein paar anderer Sachen… Kann ich vielleicht gleich deinen benutzen, um meine Eltern und ein paar andere Leute anzurufen?"

„Natürlich."

„Danke."

16

Am nächsten Morgen schlief Kaal noch tief und fest und Nina schlich sich geräuschlos aus dem Haus. In der Nacht hatte sie so halb gut geschlafen, ihr Geist war noch sehr aufgewühlt von den ganzen Ereignissen.

Sie hatte mit Karla telefoniert, die wütend darüber gewesen war, dass Nina einfach spurlos die Kurve gekratzt hatte, hatte ihr aber auch erzählt, dass sie sich in Jaku ganz gut eingelebt hatte. Ihre Mutter war so apathisch wie immer gewesen und fragte immer wieder, wann Nina vorbeikäme. Das könnte sie nicht sagen, hatte Nina erwidert und konnte es nicht übers Herz bringen ihre Mutter vor vollendete Tatsachen zu stellen. Dass sie nicht mehr in Ferra war und wahrscheinlich irgendwo anders leben würde. Birte dagegen wirkte irgendwie weit weg und es war ein seltsam oberflächliches Gespräch, aus dem Nina nicht viel rausholen konnte. War sie wütend, dass Nina den Kollaps vorangetrieben hatte? Identifizierte sie sich nun voll und ganz mit dem neuen Konzern Maana und hatte für Nina keine Verwendung mehr? Waren sie keine Freunde mehr? Nina wusste es nicht, aber es machte sie traurig.

Da es noch sehr früh am Morgen war, fuhr Nina nicht direkt zu Neevs Arbeit, sondern stromerte noch etwas durch die Stadt und beobachtete diese beim Aufwachen. Vögel saßen auf Laternenmästen und sangen ihr Lieder, Gänseblümchen auf Grünstreifen öffneten langsam ihre Blüten und suchten die Sonne, die Bäume raschelten und knisterten mit ihren Blättern, Rollläden wurden quietschend hochgezogen, eine schwarz-weiße Katze flanierte über den Bürgersteig und verschwand hinter einem Zaun, irgendwo weinte ein Baby.

Mit einem Mal wollte Nina nicht zu dem Verwaltungsgebäude, sondern zurück zum Industriegebiet, um dort nach dem Rechten zu schauen. Danach war immer noch genug Zeit, um das Gespräch mit Neev zu suchen. Sie stieg in die entsprechende Bahn und fuhr zu ihrer alten Wirkungsstätte. Immer noch waren nur wenige Menschen unterwegs, in ihrer Bahn saß außer ihr niemand und Nina genoss die Ruhe und Einsamkeit, die es in diesem trubeligen Mela nur selten gab.

Als sie an der Endhaltestelle ausgestiegen war, hörte sie etwas weiter weg Stimmen und ging auf diese zu. Hinter einer Biegung, bei den überwucherten Gebüschen, standen ein paar Leute und Nina sah, dass sie sie kannte.

„Nina, du kommst wie gerufen", Misha grinste sie an.

Nina versenkte ihre Hände in Kaals Hosentaschen und zog eine Augenbraue hoch.

„Wir haben gerade dein Werk bewundert", fuhr Misha unbeirrt fort.

Nina trat näher und blieb bei der kleinen Gruppe stehen.

„Sollen wir ihm den Namen ‚Schrott-Schloss' geben?" Misha machte ein nachdenkliches Gesicht und Ninas Blick glitt zu dem Observatorium, das sie gebaut hatte.

„Du hättest auch wesentlich einfacher eine Wohnung bekommen können", bemerkte Marc und warf ihr einen listigen Blick zu.

„Das ist Kunst", entgegnete Neev und hielt ihre Hände vor sich, als wollte sie das Objekt einrahmen.

„Es ist ganz klar das Ergebnis einer Auseinandersetzung des modernen Menschen mit den ihm auferlegten

135

Zerrissenheiten durch die ausbeuterischen Konzernstrukturen, ein Aufgehen in Scherben und Bruchstücken, aus denen es keinen Ausweg gibt, außer sich daraus ein neues Bewusstsein zu erschaffen", führte Juri aus.

„Also ich sehe hier eher eine Nähe zu den Sternen", Petr schaute verträumt in den Himmel. „Was gibt es schöneres, als in der Nacht in den Weiten des Weltalls aufzugehen, einfach wegzufliegen und alles hinter sich zu lassen. Das ist der perfekte Ort dafür."

„Heißt das, du wirst hier wohnen?", fragte Neev an Nina gerichtet.

Nina schüttelte den Kopf.

„Also willst du doch zu Neu! wechseln?", hakte Neev nach.

Nina kratzte sich am Kopf. Ihr Blick glitt zu Marc, der wegschaute.

„Dort könnte ich meine Kompetenzen ganz gut einsetzen", sagte sie schließlich.

„Also wenn das hier", Neev zeigte auf den Turm, „nicht ein Einsetzen von Kompetenzen ist, dann weiß ich auch nicht. Die halbe Stadt schreibt seit gestern über nichts anderes als dieses aus dem Nichts aufgetauchte Gebilde, das die Leute zum Träumen und Rätseln bringt. Ein neues Level von Melas Mythologie wurde erschlossen, die Sagenschreibung hat gerade erst begonnen."

Nina riss die Augen auf. „Was heißt das?"

„Das erkläre ich dir mal bei Gelegenheit", Misha lächelte wie eine Sphinx. „Wichtiger ist jetzt, dass Mela eine erfahrene Feinmechanikerin braucht."

„Ich kann dir auch eine eigene Werkstatt einrichten lassen", warf Marc ein.

„Hmm…", Nina atmete tief ein und aus, es war wie das Gefühl, in ein unbekanntes Gewässer zu springen. Sollte man nicht machen. Es war zu gefährlich. Vor allem, wenn man nicht wusste, ob da spitze Felsen oder Haie lauerten. Oder fiese Quallen. Oder zu heftige Wellen, „Mela ist mein neues Atelier."

Misha kam zu ihr und umarmte sie, Neev trat dazu und legte ihre Arme um sie beide.

„Willkommen, Nina", murmelte sie.

17

Ein paar Monate später schreckte Nina aus dem Schlaf hoch. Kurz fragte sie sich, ob wieder Einbrecher im Haus waren und lauschte in die Nacht hinein. Kaal lag neben ihr und atmete ruhig, das war schon mal gut.

Dann stand sie auf, ging auf die Toilette und trank ein Glas Wasser, zog sich eine Strickjacke über. Es war mittlerweile Winter und sehr frisch draußen. Deswegen war sie nicht mehr so oft nachts unterwegs wie in den ersten Wochen in Mela. Tatsächlich, sie wurde immer häuslicher. Hatte sogar eine Anstellung in der Stadt, um defekte Bahnen, Elektroleitungen, Haustechnik und andere Fahrzeuge zu reparieren. In der Zwischenzeit zog sie durch die Straßen und folgte ihren Instinkten, um etwas zu schmelzen, löten oder in eine neue Form zu bringen. Und jetzt zog es sie nach draußen.

Mit nackten Füßen stieg sie die Treppen in dem totenstillen Wohnhaus nach unten und öffnete die Tür, um nach draußen zu schlüpfen. Die Straße lag in einem Tintenschwarz vor ihr, nur hier und da durchbrochen von reflektierenden hellen Flächen. Nina zog die Jacke noch fester um sich und atmete die schneidende Luft tief ein.

Auf einmal trat eine Gestalt aus den Schatten. Sie hatte einen bodenlangen dunklen Mantel und etwas Schweres in der rechten Hand, das Gesicht nicht zu erkennen. Nina hielt die Luft an und krallte sich am Türrahmen fest.

Als die Gestalt näher kam, sah sie, dass es Mai war. Nina runzelte die Stirn und öffnete den Mund, um etwas zu sagen, aber es kam nichts heraus. Mai kniete sich vor ihr auf den Boden, vor sich hielt sie Ninas Schild wie jemand, der gleich zum Ritter geschlagen wurde. Dann hob sie ihren Kopf und schaute Nina in die Augen. „Du hast mich gerufen, hier bin ich."